O príncipe medroso

e outros contos africanos

O príncipe medroso

e outros contos africanos

Recontados por Anna Soler-Pont

Ilustrações de Pilar Millán

Tradução de Luis Reyes Gil

Publicado mediante acordo com Pontas Literary & Film Agency

O selo Seguinte pertence à Editora Schwarcz S.A.

Grafia atualizada segundo o Acordo Ortográfico da Língua Portuguesa de 1990, que entrou em vigor no Brasil em 2009.

A tradução desta obra recebeu o apoio do Instituto Ramon Llull.

llll institut
ramon llull

Título original
Un meravellós llibre de contes africans

Preparação
Silvia Massimini Felix

Revisão
Ana Maria Barbosa
Isabel Jorge Cury

Dados Internacionais de Catalogação na Publicação (CIP)
Câmara Brasileira do Livro, SP, Brasil

Soler-Pont, Anna
O príncipe medroso e outros contos africanos / Anna Soler-Pont ; ilustrações de Pilar Millán ; tradução Luis Reyes Gil. — São Paulo : Companhia das Letras, 2009

Título original: Un meravellós llibre de contes de l'Àfrica per a nens i nenes.
ISBN 978-85-359-1540-2

1. Ficção – Literatura juvenil I. Millán, Pilar. II. Título

09-08669 CDD-028.5

Índice para catálogo sistemático:
1. Ficção : Literatura juvenil 028.5

18ª reimpressão

EDITORA SCHWARCZ S.A.
Rua Bandeira Paulista, 702, cj. 32
04532-002 – São Paulo – SP
Telefone: (11) 3707-3500
www.seguinte.com.br
contato@seguinte.com.br

/editoraseguinte
@editoraseguinte
Editora Seguinte
editoraseguinteoficial

Para Ennatu

Sumário

A África dos contos

Desde sempre, os habitantes da África converteram a história em lenda e as anedotas em contos. A tradição oral do continente fez com que os contos e as lendas passassem de geração a geração, através dos séculos, sem serem escritos. Os *griots* os contavam, pais e mães, avôs e avós acabavam decorando-os de tanto ouvi-los e continuavam a transmiti-los aos mais jovens. Só no final do século XIX e início do XX é que se começou a recolher a mitologia e os contos da África sob a forma de livros.

Mesmo hoje, contar contos nas praças dos povoados, nos pátios das casas ou embaixo de uma árvore numa escola rural ainda é uma atividade comum em muitos rincões do continente africano. E os contos continuam bem vivos e mutantes. A mesma história pode ter diversas versões, dependendo de onde é contada e de quem a conta!

Esta coletânea propõe uma viagem através de alguns contos da África subsaariana, de oeste a leste, de leste a oeste, chegando também até o sul e passando por algumas ilhas, atravessando lagos, rios e cachoeiras gigantes, desertos e montanhas. E propõe uma aproximação com diferentes tipos de conto: dos mais desconhecidos, como os de princesas e príncipes, até os mais familiares, como as fábulas de animais.

No fim do livro há um glossário com o significado das palavras que aparecem em negrito no texto.

MAPA DA ÁFRICA

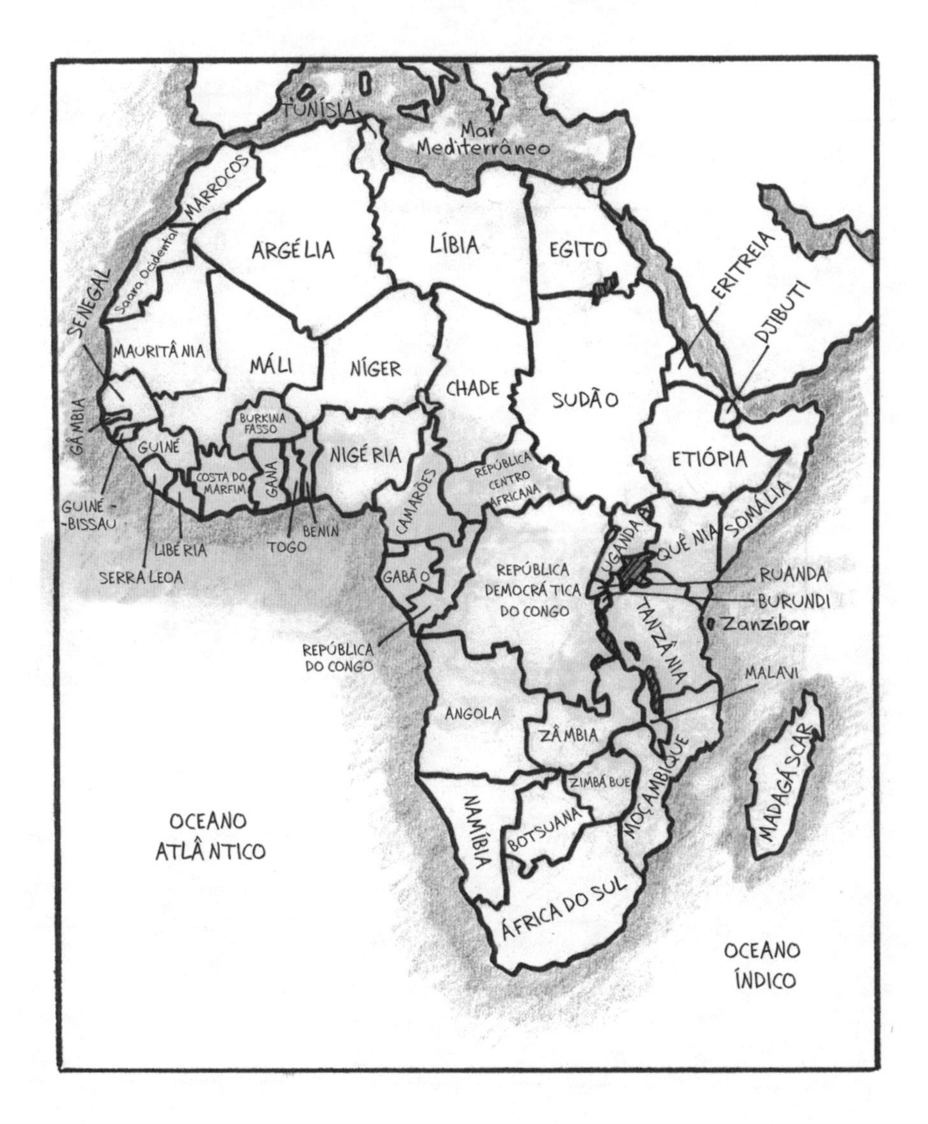

— Um conto para quem?

— Um conto para todos! — gritaram os que estavam prontos para escutar a vovó contadora de histórias.

— E quem o contou?

— O camaleão! — gritou um menino.

— É verdade. Não existe ninguém que saiba mais histórias que o camaleão. Agora lhes contarei os contos com que ele me presenteou há muito, muito tempo...

CONTOS DE PRINCESAS E PRÍNCIPES

No leste da África localiza-se o chamado "chifre da África". Dizem que justamente essa região, onde ficam hoje Eritreia, Djibuti, Somália e uma parte do Quênia e do Sudão, é o berço da humanidade, e que foi de lá que saíram os primeiros humanos para dominar o mundo. Quem sabe se aqueles primeiros homens e aquelas primeiras mulheres, como a célebre Lucy, velha de mais de três milhões de anos, que então pintavam suas histórias com tintas nas pedras, já não inventavam contos?

Nem todos sabem que na África existem também muitas histórias de princesas e príncipes, como nos contos de várias outras culturas. E dizem que essas histórias entraram no continente africano justamente pelo seu "chifre" e foram influenciadas pelas histórias da Arábia das *Mil e uma noites*, que vinham do outro lado do mar Vermelho e do golfo de Áden.

Ao cabo de séculos, porém, descobrimos que as histórias contadas no "chifre" da África se parecem muito com as narradas em outros cantos do mundo.

Os dois reis de Gondar

(ETIÓPIA)

Era um dia como os de outrora... e um pobre camponês, tão pobre que tinha apenas a pele sobre os ossos e três galinhas que ciscavam alguns grãos de ***teff*** que encontravam pela terra poeirenta, estava sentado na entrada da sua velha cabana como todo fim de tarde. De repente, viu chegar um caçador montado a cavalo. O caçador se aproximou, desmontou, cumprimentou-o e disse:

— Eu me perdi pela montanha e estou procurando o caminho que leva à cidade de Gondar.

— Gondar? Fica a dois dias daqui — respondeu o camponês. — O sol já está se pondo e seria mais sensato se você passasse a noite aqui e partisse de manhã cedo.

O camponês pegou uma das suas três galinhas, matou-a, cozinhou-a no fogão a lenha e preparou um bom jantar, que ofereceu ao caçador. Depois de comerem os dois juntos sem falar muito, o camponês ofereceu sua cama ao caçador e foi dormir no chão ao lado do fogo.

No dia seguinte bem cedo, quando o caçador acordou, o camponês explicou-lhe como teria que fazer para chegar a Gondar:

— Você tem que se enfiar no bosque até encontrar um rio, e deve atravessá-lo com seu cavalo com muito cuidado para não passar pela parte mais funda. Depois tem que seguir por um caminho à beira de um precipício até chegar a uma estrada mais larga...

O caçador, que ouvia com atenção, disse:

— Acho que vou me perder de novo. Não conheço esta região... Você me acompanharia até Gondar? Poderia montar no cavalo, na minha garupa.

— Está certo — disse o camponês —, mas com uma condição. Quando a gente chegar, gostaria de conhecer o rei, eu nunca o vi.

— Você irá vê-lo, prometo.

O camponês fechou a porta da sua cabana, montou na garupa do caçador e começaram o trajeto. Passaram horas e horas atravessando montanhas e bosques, e mais uma noite inteira. Quando iam por caminhos sem sombra, o camponês abria seu grande guarda-chuva preto, e os dois se protegiam do sol. E quando por fim viram a cidade de Gondar no horizonte, o camponês perguntou ao caçador:

— E como é que se reconhece um rei?

— Não se preocupe, é muito fácil: quando todo mundo faz a mesma coisa, o rei é aquele que faz outra, diferente. Observe bem as pessoas à sua volta e você o reconhecerá.

Pouco depois, os dois homens chegaram à cidade e o caçador tomou o caminho do palácio. Havia um monte de gente diante da porta, falando e contando histórias, até que, ao verem os dois homens a cavalo, se afastaram da porta e se ajoelharam à sua passagem. O camponês não entendia nada. Todos estavam ajoelhados, exceto ele e o caçador, que iam a cavalo.

— Onde será que está o rei? — perguntou o camponês. — Não o estou vendo!

— Agora vamos entrar no palácio e você o verá, garanto!

E os dois homens entraram a cavalo dentro do palácio. O camponês estava inquieto. De longe via uma fila de pessoas e de guardas também a cavalo que os esperavam na entrada. Quando passaram na frente deles, os guardas desmontaram e somente os dois continuaram em cima do cavalo. O camponês começou a ficar nervoso:

— Você me falou que quando todo mundo faz a mesma coisa... Mas onde está o rei?

— Paciência! Você já vai reconhecê-lo! É só lembrar que, quando todos fazem a mesma coisa, o rei faz outra.

Os dois homens desmontaram do cavalo e entraram numa sala imensa do palácio. Todos os nobres, os cortesãos e os conselheiros reais tiraram o chapéu ao vê-los. Todos estavam sem chapéu, exceto o caçador e o camponês, que tampouco entendia para que servia andar de chapéu dentro de um palácio. O camponês chegou perto do caçador e murmurou:

— Não o estou vendo!

— Não seja impaciente, você vai acabar reconhecendo-o! Venha sentar comigo.

E os dois homens se instalaram num grande sofá muito confortável. Todo mundo ficou em pé à sua volta. O camponês estava cada vez mais inquieto. Observou bem tudo o que via, aproximou-se do caçador e perguntou:

— Quem é o rei? Você ou eu?

O caçador começou a rir e disse:

— Eu sou o rei, mas você também é um rei, porque sabe acolher um estrangeiro!

E o caçador e o camponês ficaram amigos por muitos e muitos anos.

Nyalgondho e a princesa perdida do lago Vitória

(QUÊNIA)

Ao alvorecer de cada novo dia de todos os dias do ano, os homens e as mulheres da tribo dos luos aguardavam pacientemente que o sol nascesse. Quando o sol começava a brilhar e anunciava o início do novo dia, eles lhe enviavam suas preces. Foi o que fez Nyalgondho na manhã em que começa este conto, olhando o nascer do sol com os braços apoiados na sua cabana, em seu povoado à beira do lago Vitória. Nyalgondho era um humilde pescador, filho de um homem muito pobre. Nenhuma mulher queria se casar com ele, e Nyalgondho já se imaginava andando pelas margens do lago sozinho a vida inteira. Mas um dia os deuses lhe enviaram uma surpresa.

Uma ilhota flutuante chegou à margem do lago trazendo uma mulher perdida e uma cabra. Vinham de um país desconhecido. Enquanto os pássaros cantavam sem parar, a mulher perdida e sua cabra não sabiam que futuro as aguardava naquela terra estranha.

Nyalgondho encontrou a mulher perdida e sua cabra amedrontadas e sentadas na ilhota que tinha ido parar na margem do lago Vitória. Chegou perto para falar com a mulher. Ela estivera flutuando pelas águas durante muito tempo com sua cabra. Nyalgondho propôs que fossem para a sua cabana, e ali, bem à beira do lago Vitória, poucos dias depois eles se casaram.

Nyalgondho, o pescador pobre que não tinha nenhuma esperança de encontrar uma mulher, converteu-se no homem mais afortunado do povoado ao se casar com a mulher perdida. Os dois começaram a trabalhar duro: ele pescava e ela cuidava de secar o peixe para poder vendê-lo nos mercados. Nyalgondho deixou de ser pobre. E se casou com mais três mulheres.

Mas as outras mulheres e toda a gente da aldeia achavam que a mulher perdida do lago era diferente. Era silenciosa e elegante, suas mãos eram finas e não tinham o aspecto de que trabalhavam a terra como as das outras mulheres. Todos a respeitavam sem saber bem por quê. Nyalgondho também lhe tinha respeito e praticamente não conversava com ela. Porém, trabalhava muito e procurava fazer com que nada faltasse à sua grande família. Mas era difícil. A pesca nem sempre era boa e a terra não dava todos os frutos que ele queria. Contudo, ele se esforçava muito. Uma tarde, Nyalgondho atreveu-se a perguntar à mulher que havia chegado pelo lago se ela era feliz. Ela não respondeu.

Na manhã seguinte, a mulher perdida do lago foi embora da aldeia de Nyalgondho sem nenhuma explicação. Os pássaros que vigiavam o povoado viram-na se afastar das cabanas em direção à beira do lago Vitória.

Passaram-se dois, três, quatro dias. E também cinco, e seis... E então os pássaros viram se aproximar uma ilhota flutuante com a mulher de Nyalgondho e, com ela, um grande rebanho de búfalos, vacas e cabras.

Quando a mulher perdida pôs os pés em terra firme, ali onde havia conhecido Nyalgondho, enviou uma prece aos seus deuses: "Estas são as terras às quais pertenço agora. Voltei a vocês uma vez mais. Acompanhai a mim e a todos os animais que me seguem".

E foi assim que todos os búfalos, cabras, vacas e pássaros seguiram a misteriosa mulher pelos caminhos. Nyalgondho, avisado pelas pessoas, foi correndo em direção ao lago e não conseguia acreditar no que estava vendo.

E, quando ficou em frente à mulher que voltara, viu que estava diante de alguém importante. Ela usava joias e um vestido de princesa.

— Vim para ficar. E trouxe minhas riquezas para compartilhá-las com um homem bom como você e com sua família.

Nyalgondho continuou levantando ao alvorecer para dar as boas-vindas ao sol quando começava um novo dia. E nunca mais faltou nada à sua família.

A princesa, o fogo e a chuva

(GANA E OUTROS PAÍSES DA ÁFRICA OCIDENTAL)

Conta-se que havia um rei que tinha uma filha muito bonita. Iam passando os anos e ela ficava cada vez mais bela. As pessoas das aldeias do reino estavam convencidas de que era a moça mais bonita do mundo. Eram muitos os que queriam se casar com a princesa, mas os primeiros que haviam feito o pedido foram o fogo e a chuva.

Um dia a chuva, escondida, foi ver a princesa e lhe perguntou se queria casar com ela. E a princesa achou uma boa ideia. A chuva era poderosa. Graças à água que fazia cair é que cresciam as colheitas nos campos e também a grama para os rebanhos. Graças à chuva, eles tinham água para beber e para se lavar, e os lagos e rios estavam cheios de peixes. Portanto, a princesa aceitou a proposta.

Naquele mesmo dia, o fogo foi ver o rei e pediu-lhe permissão para casar com sua filha. O rei achou uma boa ideia. O fogo era poderoso. Graças às suas chamas, eles conseguiam espantar os animais perigosos, aquecer-se quando fazia frio, cozinhar os alimentos e iluminar as noites escuras. Portanto, o rei aceitou a proposta.

O rei mandou chamar a filha e anunciou a decisão que havia tomado:

— Prometi ao fogo que você se casará com ele.

— Com o fogo? Mas se eu prometi à chuva que me casaria com ela!

— E agora, o que faremos? — exclamou o rei, preocupado.

— Estamos presos entre duas promessas!

O fogo e a chuva foram visitar a princesa ao mesmo tempo, e o rei, que apareceu para recebê-los, aproveitou para lhes dizer que já havia decidido a data do casamento de sua filha.

— O casamento comigo? — perguntou o fogo.

— O casamento comigo? — perguntou a chuva.

— A princesa vai se casar com quem vencer a corrida que vou organizar no dia do casamento — disse o rei.

À medida que se aproximava a data da celebração, a expectativa crescia na aldeia. Alguns estavam convencidos de que o fogo venceria. Outros achavam que quem ganharia seria a chuva. A princesa não contara a ninguém, mas para ela estava muito claro que, não importava quem ganhasse a corrida organizada por seu pai, ela manteria sua promessa e só se casaria com a chuva.

Chegou o dia do casamento e da corrida. E era um dia de muito vento. O rei fez um sinal com a mão e os tambores soaram. Começou a corrida. No início, o fogo ia ganhando, porque o vento o ajudava a manter as chamas e a avançar depressa. E a chuva não fazia praticamente nenhum esforço, caíam apenas algumas gotas do céu. O fogo continuava avançando com rapidez, e todo mundo achava que ele iria ganhar com facilidade. Quando o fogo ia quase chegando ao lugar onde o rei e a princesa estavam sentados, ouviu-se um trovão, e todos viram a chuva se preparar para cair. Mas parecia tarde demais! O fogo avançava e, quando lhe faltavam poucos metros, a chuva soltou uma cortina de água com todas as suas forças. O fogo se apagou de repente, antes de chegar ao final, e a chuva foi declarada vencedora.

A princesa dançou feliz embaixo da chuva que caía ao ritmo das percussões do povo que ainda soavam.

Desde aquele dia, sempre houve uma grande inimizade entre o fogo e a chuva. E ainda hoje, quando chove com força, muitos se põem a dançar embaixo da água que cai do céu, lembrando o casamento da princesa.

O príncipe medroso

(Somália, Etiópia e outros países da África oriental)

Na região da Etiópia onde o Nilo Azul rega as terras e os campos, havia um jovem príncipe, chamado Sintayehu, que deixava seu pai, o rei, desesperado. O príncipe era alto, atraente, bom conversador, inteligente e simpático. Teria podido suceder a seu pai logo, mas tinha um defeito, um só: era muito medroso. Ver uma lança o fazia tremer. Ouvir o rugido de um leão, mesmo que fosse de longe, o paralisava. Pensar em uma guerra o horrorizava. O rei era o combatente mais corajoso que já havia existido naquelas paragens e o caçador mais hábil de todo o reino.

Um dia, quando o príncipe Sintayehu já era um jovem bem formado, o rei decidiu que chegara a hora de convertê-lo em um homem. Assim, mandou chamá-lo e ordenou-lhe que fosse à caçada que se celebrava todo ano e na qual os caçadores jovens tinham que demonstrar sua valentia. Sintayehu nunca havia participado daquela prova e tinha muito medo. Primeiro fingiu que estava doente; depois, que sentia muita dor na perna; mais tarde, que havia perdido a lança... Mas o rei não quis ouvir nada do que o filho dizia: ordenou ao médico que lhe trouxesse um bom remédio contra todas as doenças e que lhe enfaixasse a perna e mandou que lhe dessem uma lança nova. O príncipe se sentiu obrigado a acompanhar o grupo de jovens caçadores quando se preparavam para ir ao bosque. A prova consistia em se separarem quando estivessem dentro do bosque, o mais denso da região, e cada um devia procurar um animal selvagem para caçar.

O príncipe Sintayehu tinha muito medo. Quando se viu no meio do bosque, sentiu-se mais sozinho do que nunca, totalmente perdido e desorientado. Estava quase escurecendo, e ele pensou que o melhor seria subir numa árvore e procurar dormir, embora os gritos dos animais e dos pássaros o assustassem a toda hora.

De repente, ouviu um barulho muito forte e, meio adormecido, caiu da árvore e aterrissou em cima de um grande monstro peludo, que deu um grito espantoso e desatou a correr com o príncipe em cima! Sintayehu, paralisado de medo, agarrou forte no pescoço do bicho e começou a gritar: "Eeeeoooo!!!!". Quanto mais forte gritava, mais rápido corria o bicho. Atravessaram o bosque correndo e chegaram ao país vizinho. O bicho, que começava a ficar cansado, parou no meio da praça de uma cidade, bem diante do palácio do rei. Todos correram até a praça para ver o que estava acontecendo e o que fazia aquele jovem cavalgando uma hiena! O príncipe caiu no chão e, quando tentavam ajudá-lo a levantar-se, ficou logo em pé e disse, dando uma de valente:

— Não precisam ficar me olhando desse jeito! Não tem nada de extraordinário chegar montado numa hiena! Meu leão está manco, eu prefiro os leões! Levem-me até a casa do seu rei!

Enquanto isso acontecia na praça, a princesa Jetu, filha do rei daquele país vizinho, havia visto tudo. Era uma moça muito esperta e logo descobriu que o rapaz mentira porque estava com medo. E, sem conhecê-lo, apaixonou-se perdidamente por aquele jovem tão atraente e elegante. Sem pensar duas vezes, desceu correndo até onde ele estava e disse:

— Quando você conhecer o rei, meu pai, tem que dizer a ele que “Eeeeoooo” é o grito de guerra do seu país e que você normalmente monta um leão feroz.

Sintayehu ficou maravilhado pela beleza e pela simpatia da princesa Jetu, e também porque ela entendera que ele não era um guerreiro valente. Quando os guardas o levaram até o rei, seguiu os conselhos da princesa. Sintayehu aceitou a hospitalidade do rei antes de se deixar acompanhar até seu reino.

Pouco tempo depois, o príncipe Sintayehu e a princesa Jetu decidiram se casar. Mas, quando estavam preparando a festa, chegou uma notícia terrível ao palácio: um leão feroz estava atacando todas as aldeias para comer crianças e velhos. O rei decidiu que as bodas seriam celebradas quando tivessem conseguido eliminar o leão monstruoso, e mandou chamar Sintayehu:

— Temos a sorte de poder contar com você, já que meu povo não está acostumado a lutar contra leões. Um homem tão valente como você não terá nenhum problema para combatê-lo, não é mesmo? Assim que você o tiver vencido, celebraremos as bodas.

Sintayehu estava aterrorizado e não disse nada. A princesa Jetu viu logo que seu amado tinha muito medo. Fez com que bebesse uma grande quantidade de ***tella*** e de ***tej*** e carregou seu cavalo com um par de tinas cheias desse vinho. Dizem que a *tella* e o *tej* fazem esquecer o medo e as tristezas.

O príncipe Sintayehu foi embora tranquilo, e todos os habitantes da cidade da princesa Jetu se despediram dele admirando sua valentia. Uma hora mais tarde, os efeitos do *tej* e da *tella* o deixaram com tanto sono que ele adormeceu em cima do cavalo. Caiu no chão, e o cavalo, sem entender nada, se assustou e bateu contra uma árvore — e as tinas cheias de vinho de mel se partiram, derramaram e fizeram um grande charco.

Enquanto Sintayehu dormia sobre a relva, um leão sentiu o cheiro forte do *tej* derramado e se aproximou. Como tinha sede, tomou todo aquele líquido doce espalhado pelo chão. Até que ficou com muito sono e adormeceu profundamente.

Sintayehu acordou ainda zonzo e decidiu voltar o mais cedo possível. Confundiu o cavalo com o leão e montou em cima dele. O leão acordou logo e, surpreso com aquele homem na sua garupa, começou a correr como um endiabrado. Sintayehu gritava "Eeeeoooo, eeeeoooo!!!!" com todas as suas forças, até que tomaram o caminho que levava ao palácio do rei, o mesmo caminho que a hiena fizera. E, pela segunda vez, o príncipe Sintayehu entrou na cidade em cima de um animal selvagem. As pessoas não conseguiam acreditar: um leão é mil vezes mais perigoso que uma hiena! E aquele leão era o maior que já haviam visto! O leão, cansado da corrida, do peso do príncipe e dos efeitos do *tej*, caiu deitado no chão, in-

consciente. Os homens o enfiaram logo numa jaula e o levaram até o rei, junto com Sintayehu.

— Eu devia ter matado o leão — disse Sintayehu —, mas meu cavalo fugiu e eu não tinha outro meio de voltar para cá a não ser o animal.

— Você é o homem mais corajoso que já conheci! — exclamou o rei. — Amanhã mesmo celebraremos o casamento de minha filha Jetu com você!

Os habitantes dos dois reinos vizinhos celebraram uma festa que durou muitos dias, e o pai do príncipe Sintayehu estava mais do que satisfeito com seu filho. Só Jetu e Sintayehu sabiam a verdade da história, e decidiram que sentir medo não era nenhum defeito.

O leão e a hiena viveram nos jardins do palácio pelo resto da vida.

FÁBULAS DE ANIMAIS

Muitos contos da África têm animais como personagens. Os animais dos contos costumam falar, raciocinar e agir como se fossem pessoas. São diversos os que aparecem nos contos, mas entre eles se destacam a aranha e a tartaruga. Na África ocidental, a aranha costuma ser um personagem ágil e astuto. A tartaruga também representa a astúcia e a perseverança. Às vezes os animais têm nomes próprios, outras não. Anansi é o nome de muitas das aranhas dos contos.

Há animais que protagonizam contos em países bem distantes uns dos outros, como o leopardo e o crocodilo, e que praticamente percorrem toda a geografia da África subsaariana.

O sonho da tartaruga

(CONTO **BANTO** DE CAMARÕES E OUTROS PAÍSES)

O vento trouxe um conto até a janela. E o conto diz que uma tartaruga teve um sonho. Sonhou com uma grande árvore que ficava em um local secreto e tinha os galhos cheios de frutas de todo tipo: tâmaras, mangas, bananas, mamões, cocos, abacaxis, laranjas e espigas de milho. A tartaruga explicou entusiasmada seu sonho a todos os animais, como se compartilhasse um tesouro.

— Mas é apenas um sonho! — riu o leão.

— Não! É real! E vou visitar a vovó Kokó. Ela com certeza sabe onde cresce essa árvore.

— Você é lenta demais, nunca vai chegar lá! Deixe que eu vou! — disse o leão. E assim fez. Correu até a cabana da vovó Kokó e lhe explicou o sonho da tartaruga.

— Sim, já ouvi falar dessa árvore. Seu nome é Omumbo-Rombonga, e, se você quiser que todos os seus frutos caiam no chão, tem que ficar na frente dela e gritar seu nome bem alto.

— E como vou encontrar essa árvore?

— É só você lembrar o nome dela e vai achar a árvore. Se disser o nome em voz alta, suas frutas vão cair. Mas agora, quando voltar para casa, não se vire nem olhe para trás! Se fizer isso, vai esquecer o nome!

O leão agradeceu e, muito seguro de si, pegou o caminho de volta. "Omumbo-Rombonga", ia dizendo em voz baixa. Mas de repente se virou e tropeçou num cupinzeiro. E esqueceu o nome! "Omrongbing...? Como era mesmo?"

Impossível lembrar!

O próximo animal a ir até a vovó Kokó foi o elefante.

— Cuidado com o cupinzeiro! — alertou o leão.

— O nome da árvore é Omumbo-Rombonga — disse a vovó Kokó. — E nunca se vire nem olhe para trás.

O elefante era forte e grande e tinha certeza de que não esqueceria o nome que a vovó acabara de lhe dizer. Pelo caminho, viu o cupinzeiro e desviou dele. Mas num dado momento se virou para olhar para trás e caiu numa poça funda de água do rio. Enquanto tentava sair da água, percebeu que já não lembrava mais o nome! "Como era mesmo? Bing-bong-bang?"

O próximo animal a ir até a cabana da vovó Kokó foi o avestruz.

— E cuidado com a poça! — advertiu o elefante.

— O nome da árvore é Omumbo-Rombonga, e não se vire nem olhe para trás quando voltar para casa — disse como sempre a vovó Kokó.

— Tudo bem! Omumbo-Rombonga, Omumbo-Rombonga... — foi repetindo o avestruz a caminho de casa. Viu o cupinzeiro, depois a poça, e passou ao lado dela sem cair... Mas de repente ouviu um barulho, uma espécie de assobio, virou-se e viu uma cobra muito comprida a seus pés e se assustou, esquecendo completamente o nome da árvore do sonho da tartaruga.

O próximo animal a visitar a vovó Kokó foi o **babuíno**.

— Cuidado com a cobra! — avisou o avestruz.

— O nome da árvore é Omumbo-Rombonga — disse a vovó Kokó.

O babuíno era ágil e esperto. Tinha certeza de que não iria esquecer o nome. Viu o cupinzeiro, passou ao lado da poça, longe da cobra... mas então olhou para trás sem saber por quê, tropeçou em uns arbustos e o nome lhe fugiu completamente da memória.

Depois foi a vez da girafa.

— O nome da árvore é Omumbo-Rombonga — disse a vovó Kokó. — E não se vire por nada!

A girafa, com passo seguro e elegante, empreendeu o caminho de casa sempre repetindo o nome da árvore em voz baixa. Viu o cupinzeiro, a poça, a cobra, os arbustos... mas se virou e escorregou num trecho de lama que quase a derrubou, ela, tão alta e forte! E o nome sumiu da cabeça. "Mim-mim-obo? Mumbu-bumbo?" Oh! Não! Havia esquecido!

— Por favor! Deixem-me ir! — gritou a tartaruga. — Além disso, é a árvore do meu sonho!

Os animais da selva concordaram, e a tartaruga chegou a passo de tartaruga na cabana da vovó Kokó.

— O nome da árvore é Omumbo-Rombonga — disse a vovó Kokó. — E principalmente não olhe para trás!

A tartaruga era lenta, mas muito segura. Não iria esquecer o nome, tinha muita certeza disso! Viu o cupinzeiro, a poça, a cobra, os arbustos, a lama no caminho... e continuou andando sem se virar. Deste modo, encontrou um escorpião bem na sua frente. "Que sorte que eu não me virei!", pensou. E passou bem longe do escorpião, que não se atreveu a dizer nada, de tão segura lhe pareceu a tartaruga. E devagar ela chegou até onde a esperavam todos os seus amigos: o leão, o elefante, o avestruz, o babuíno, a girafa e também a hiena, o leopardo e muitos outros animais.

— O nome da árvore é Omumbo-Rombonga! — disse a tartaruga com voz bem forte. — E agora sim, vocês podem se virar! Olhem quem está atrás de vocês!

E ali mesmo estava a árvore do sonho da tartaruga, com os galhos cheios de tâmaras, mangas, bananas, mamões, cocos, abacaxis, laranjas e espigas de milho!

— Omumbo-Rombonga! — gritou a tartaruga, bem orgulhosa, diante da árvore. E todas as frutas caíram no chão.

Quando os animais já estavam fartos de comer, a tartaruga teve uma ideia: se plantassem uma semente de cada fruta, iriam crescer muitas árvores frutíferas ali mesmo. E assim fizeram.

O conto terminou e será melhor ir deixá-lo lá onde o encontramos.

O tambor mágico da rã

(Uganda e Quênia)

Conta-se que à beira de um grande lago vivia uma rã que herdara um tambor mágico do seu avô. O objeto tinha um som mágico e todo mundo que o ouvia ficava de repente com vontade de dançar. Toda tarde, quando o sol já havia baixado do ponto mais alto do céu e manchava tudo de cores avermelhadas e alaranjadas, a rã pegava o tambor de seu esconderijo secreto: um buraco que havia num velho **baobá**. Sentada em cima de uma pedra de onde podia ver o lago inteiro, a rã tocava o tambor e cantava.

Os hipopótamos que descansavam tranquilos nas águas do lago saíam para dançar sem conseguir resistir, os elefantes, as girafas, as zebras e as **impalas**, os pássaros e as tartarugas... todos começavam a dançar assim que ouviam os sons mágicos do tambor. Quando o céu já se tingia de escuridão, a rã guardava outra vez o tambor no seu esconderijo e os animais voltavam para as suas tocas.

Um dia, depois da savana e antes de chegar aos bosques, a rã descobriu uns campos cultivados cheios de verduras e frutas de todo tipo. E teve a ideia de organizar uma festa surpresa. Foi buscar seu tambor, trepou num tronco derrubado que ficava ao lado dos campos e começou a tocar sua música. Todos os animais dos arredores, atraídos pelo som mágico do tambor da rã, começaram a aparecer por aquele lugar tão cheio de coisas boas de comer. E os animais, pequenos e grandes, ágeis e não tão ágeis, dançaram com todas as suas energias e comeram tudo o que quiseram: bananas e abóboras e melões, cenouras e espigas de milho, espinafres e tomates, mangas e abacaxis. Foi uma festa fantástica que durou até bem tarde da noite.

No dia seguinte de manhã, o proprietário dos campos estava indo tranquilamente trabalhar seu pedaço de terra e viu que alguém o havia destroçado por completo! As plantas estavam amassadas como se uma manada de elefantes enlouquecidos tivesse dançado em cima delas, e por toda parte havia cascas de bananas, de abóboras e de melões. Mas o que havia acontecido? Quem teria feito aquela bagunça tão grande?

Quando o céu se manchou de cores avermelhadas e alaranjadas, os animais esperaram todos juntos que o tambor mágico voltasse a soar, e foram encontrar a rã para pedir-lhe que tocasse nos campos de novo. A festa do dia anterior havia sido fantástica e queriam repetir. A rã aceitou a proposta, e todos juntos se encaminharam para lá. A rã trepou no tronco de árvore derrubado e tocou como sempre. No segundo compasso, todos os animais começaram a dançar sem conseguir resistir. A dançar e a comer tudo o que encontravam pela frente! E enquanto a girafa rodava e os macacos pulavam e todos os outros animais dançavam ao ritmo do tambor, apareceu o proprietário dos campos com um machado numa mão e uma pá na outra.

— Fora daqui! O que é que vocês estão pensando?

Todos correram tão depressa quanto puderam para fugir dos golpes daquele camponês zangado, com razão. Todos, exceto a rã, que continuava tocando seu tambor sem perceber nada do que estava acontecendo à sua volta.

— E você, sua rã dos infernos! Vai ver quando eu pegar você! Vou transformá-la no meu jantar!

A rã, sem saber o que acontecia nem de onde saíra aquele homem enfurecido, agarrou bem forte o tambor e saiu pulando sem parar até chegar ao lago, onde mergulhou de cabeça.

Desde aquele dia, a rã não ousou mais tirar o tambor de debaixo d'água. E de vez em quando o tocava ao entrar e ao sair das águas do lago, mas nunca no mesmo lugar. Os animais esperavam e pediam que ela os levasse até outros campos para organizar uma festa, mas a rã havia se assustado demais com os gritos e o machado do camponês enfurecido e decidiu que só iria tocar embaixo d'água.

Se vocês forem até a beira de um lago e ouvirem os cantos das rãs, talvez tenham sorte e ouçam também os ritmos do tambor mágico.

Como Anansi se transformou em aranha

(Senegal e outros países da África ocidental)

Vocês sabiam que no meio da selva vivia um rei que tinha uma cabra gigante, a maior cabra que alguém já vira? A cabra tinha chifres muito compridos e fortes, que assustavam quem se aproximasse. Para o rei, aquele animal era seu bem mais precioso, mais que qualquer outro dos seus pertences, que eram muitos! A gente do reino sabia que a cabra podia pastar onde quisesse e que ninguém podia tocá-la nem lhe fazer nada. Todos tinham que deixá-la comer o que desejasse e o tanto que quisesse, mesmo que ficassem sem ter com que se alimentar. E quem não obedecesse às ordens do rei seria preso.

Havia um camponês que se chamava Anansi e que era bastante conhecido por sua simpatia, mas também por seus cultivos. Estava muito orgulhoso dos cereais e das frutas que conseguia fazer crescer nos seus campos. Ninguém imaginava que Anansi fosse deixar a cabra do rei comer suas colheitas ou andar pelo meio dos campos pisando os brotos mais tenros, e seus vizinhos esperavam que a cabra nunca aparecesse por ali, para evitar a cena que já imaginavam!

Mas um dia, quando as chuvas começaram a cair e as hastes das plantas de milho já estavam bem altas e fortes, Anansi foi dar uma olhada nas suas plantações. Ficou muito contente com o que viu ao seu redor e já estava a ponto de voltar para casa quando, um pouco adiante, viu um pedaço do campo que havia sido pisado e estava cheio de espigas de milho arrancadas. E ali, no meio do campo, como se não fosse com ela, viu a cabra do rei roendo tranquilamente uma espiga de milho. Anansi ficou muito zangado, pegou uma pedra do chão e a atirou com fúria contra o animal, com tamanha pontaria que a pedra acertou entre os dois olhos, com um golpe seco, e a cabra caiu no chão, morta no mesmo instante.

Anansi não tivera nenhuma intenção de matá-la! E agora, o que faria? Como toda a gente do povoado, Anansi conhecia as ordens do rei e sabia que se descobrissem o que havia acontecido ele seria preso, e talvez até executado! Andou até a árvore do **carité** pensando em como se safar daquele grande problema. E, de repente, uma noz de carité caiu de um galho com força e bateu em cheio na sua cabeça. Anansi a colheu do chão e comeu. Outra noz caiu de outro galho, batendo forte no chão. Então ele sacudiu o tronco vigorosamente e caíram muitas nozes. E Anansi teve uma ideia fantástica. Pegou umas nozes do chão e enfiou-as no bolso. E foi buscar a cabra, que estava ali onde ficara depois da pedrada, e a levou até a árvore. Trepou na árvore carregando a cabra nas costas e a amarrou com firmeza entre os galhos mais altos. Então desceu e foi ver seu amigo Kusumbuli. Os dois ficaram um tempo conversando até que Anansi tirou as nozes de carité do bolso e ofereceu ao amigo.

— Essas nozes têm um gosto muito bom! — disse Kusumbuli. — Onde você arrumou?

Anansi prometeu a Kusumbuli que lhe mostraria a árvore de carité e andaram juntos até chegarem embaixo dela.

— Você tem que sacudir o tronco bem forte para que elas caiam — explicou Anansi.

Kusumbuli sacudiu o tronco tal como dissera seu amigo, e de repente a cabra morta caiu no chão.

— Mas o que foi que você fez? — gritou Anansi. — Olhe! É a cabra do rei, está morta!

Kusumbuli ficou pálido como a lua, sem reação.

— Tenho uma ideia, já sei o que você pode fazer! Conte ao rei o que aconteceu e ele vai entender que foi um acidente!

Kusumbuli achou que era um bom conselho, e então carregou a cabra morta e foi ao encontro do rei, esperando que ele estivesse de bom humor. O caminho até o palácio real passava em frente à sua casa, e ele aproveitou para entrar e se despedir da família, já que achava que talvez não voltasse a vê-los. Anansi ficou do lado de fora esperando.

Kusumbuli contou o episódio à esposa. Depois de um silêncio ela disse:

— Mas você já viu cabra trepando em árvore alguma vez? Pense um pouco! Eu acho que Anansi lhe deve uma explicação! Você tem que fingir que está indo ver o rei sozinho, mas sem ir de verdade! No meio do caminho dê meia-volta e depois diga a ele que não aconteceu nada, que foi tudo bem.

Kusumbuli pediu a Anansi que ficasse cuidando da sua família, porque assim ele se sentiria mais tranquilo de ir ver o rei sozinho.

Horas mais tarde, Kusumbuli voltou para casa sorrindo e correu para abraçar a família.

— Fique com a gente para comemorar que tudo deu certo, Anansi! — disse. — Fui ver o rei e ele não ficou nem um pouco zangado. Na verdade, disse até que eu podia ficar com a cabra morta e comer a carne dela!

Anansi não podia acreditar no que ouvia.

— O quê? Você vai ficar com toda a carne quando fui eu que matei a cabra e fiquei tentando achar uma solução? Você teria que me dar uma parte!

Kusumbuli e sua esposa decidiram levar Anansi diante do rei e acusá-lo do crime, e embora Anansi tentasse convencê-los e resistisse muito, conseguiram conduzi-lo ao palácio. Dizem que o rei, ao ouvir aquela verdade, ficou muito zangado e deu um pontapé tão forte em Anansi que este se partiu em mil pedaços, que ficaram espalhados pela sala. E cada pedaço se transformou numa aranha pequena, muito pequena. E é por isso que nas casas é sempre fácil achar uma aranha pequena em cada canto, esperando o dia em que todos os pedaços possam se juntar de novo para voltar a ser como antes.

E se uma noz de carité cair em cima de vocês, lembrem-se de que as mentiras nunca trazem nada de bom!

Por que a aranha vive nos tetos

(SENEGAL E OUTROS PAÍSES DA ÁFRICA OCIDENTAL)

Já faz muito tempo, chegou a estação das chuvas, como acontece todo ano. Mas daquela vez chegou mais chuvosa do que nunca. Ninguém se lembrava de ter visto cair tanta água com força tão desmesurada. As pessoas das aldeias faziam o que podiam para conviver com toda aquela água que caía do céu e que enchia os riachos convertendo-os em grandes rios. Durante as noites, adormeciam sem conseguir ouvir nada além do som da chuva, chuva, chuva, caindo, caindo, caindo... Os animais do bosque também estavam espantados com aquela quantidade de água. Era muito difícil achar comida. O elefante não conseguia andar entre as árvores para mordiscar as folhas dos galhos; a tartaruga não conseguia passear pelos caminhos procurando insetos; e a aranha, que havia visto como suas teias se partiam com a chuva, não tinha nenhuma presa para comer.

Uma tarde, depois de muitos dias, parou de chover. A aranha Anansi saiu logo da sua toca para tentar achar alguma comida e foi em direção ao rio. O leopardo também teve a mesma ideia e se dirigiu para lá. Foi assim que a aranha e o leopardo se encontraram frente a frente. Normalmente, o leopardo nunca teria prestado atenção em uma aranha; suas presas eram bem maiores e suculentas. Mas, naquela tarde, até mesmo uma aranha seca e magra poderia ter gosto bom, tal a fome que ele sentia! O leopardo parou e procurou se fazer de simpático.

— Boa tarde, Anansi! — disse ele. — Como você sobrevive nesta estação de chuvas tão intensas?

A aranha, que não era boba, logo percebeu que o tom de voz e a simpatia do leopardo não eram nada normais.

— Estou bem, obrigada, mas agora tenho um pouco de pressa! — e, dizendo isso, trepou em cima de uma folha de palmeira; e o leopardo não a viu mais.

O leopardo, furioso, decidiu ir até a toca da aranha e esperar por ela escondido: iria comê-la de qualquer jeito e, se ela trouxesse alguma presa, também a comeria. O leopardo chegou à toca da aranha, feita de folhas de bananeira, enrolou-se o máximo que pôde e se cobriu com uns galhos. Mas Anansi era muito esperta e adivinhou o que o leopardo iria fazer. Portanto, parou um tempo para pensar em como reagir. Foi até o rio e pegou uns peixinhos que tinham ficado presos nas armadilhas dos homens, depois comeu uma manga que encontrou ao lado da casa de um camponês. Quando já havia comido bastante, ficou entretida o quanto pôde batendo papo com seus amigos. E aos poucos foi escurecendo. O céu se encheu de nuvens e começou a chover de novo. A aranha tinha que voltar para a sua toca feita de folhas de bananeira. Caminhava devagar para poder ver, ouvir ou sentir o cheiro do leopardo. Quando chegou bem em frente à sua casa, gritou:

— Ei! Casa de folhas de bananeira! Cheguei!

Mas não obteve resposta, não ouviu nenhum barulho.

— Que engraçado! — continuou gritando a aranha. — É a primeira vez que eu chego em casa e minha toca de folhas de bananeira não me cumprimenta! Talvez haja algum problema!

— Ei! Casa de folhas de bananeira! Cheguei! — voltou a gritar.

E então uma voz ressoou de dentro da toca:

— Estou bem, Anansi! Pode entrar!

A aranha não conseguiu conter o riso.

— Agora já sei onde você está, leopardo! E garanto que você não vai conseguir me pegar nunca! — e dizendo isso entrou na casa e trepou o mais alto possível, no canto mais elevado do teto da toca. O leopardo tentou agarrá-la, mas não conseguiu. A aranha se sentia segura no teto. E com certeza foi a partir daquele dia que decidiu que viveria sempre ali. E ainda vive!

Como o leopardo conseguiu as manchas da sua pele

(SERRA LEOA)

Há muito e muito tempo, o leopardo e o fogo eram bons amigos. Toda manhã, o leopardo fazia o esforço de ir até onde morava seu amigo para visitá-lo, mesmo tendo que percorrer uma grande distância. O fogo não o visitava nunca, mas o leopardo não se importava com isso.

— Não sei por que você considera o fogo seu melhor amigo, se ele nunca veio visitá-lo aqui em casa. Se você não fosse lá, vocês não se veriam nunca! — disse um dia sua esposa.

Mas o leopardo não dava bola para os comentários dela e todo dia corria para ir ver seu amigo. Porém, no dia seguinte, o leopardo correu pelos caminhos cheios de lama até onde morava o fogo, decidido a pedir ao amigo que da próxima vez fosse visitá-lo.

O fogo ouviu-o atentamente e deu todo tipo de desculpas para não ir visitá-lo: não gostava de se afastar de casa, não queria deixar a família sozinha... Mas o leopardo pediu com tanta insistência que o visitasse que por fim o fogo aceitou e prometeu uma visita no dia seguinte, mas com a condição de que seu amigo preparasse um caminho de folhas secas entre uma casa e outra.

Ao voltar para casa, o leopardo recolheu todas as folhas que conseguiu e foi dispondo-as no meio do caminho para que unissem as duas casas, tal como o fogo havia pedido. Contou a boa notícia para a esposa e ela logo começou a preparar uma boa refeição para dar as boas-vindas ao convidado. Quando a refeição estava pronta e a casa brilhava como se fosse nova, o casal de leopardos sentou-se onde começava o caminho da sua casa para esperar a chegada do fogo.

Fazia um tempo que estavam sentados ouvindo o silêncio, quando de repente sentiram um cheiro muito forte e ouviram um ruído crepitar bem perto. O leopardo e sua esposa deram um pulo alarmados e correram caminho acima até a casa. O que estaria acontecendo?

E, com surpresa, viram que o fogo estava esperando por eles ali, quieto, soltando faíscas e queimando intensamente, com o corpo aceso e cheio de labaredas que saíam disparadas em todas as direções. Num instante, a casa inteira estava em chamas e o cheiro de queimado enchia tudo. Os dois leopardos, a ponto de se queimarem, pularam pela janela e caíram rolando pela grama para apagar as chamas que já lhes queimavam o pelo. Ficaram deitados, cansados e contentes por estarem vivos. Mas a partir daquele dia seus corpos ficaram cobertos por umas manchas negras: as marcas que foram deixadas pelos dedos do seu convidado e amigo, o fogo.

Portanto, se algum dia ele se recusar a retribuir a visita, é melhor não insistir. Vai lá saber!

Por que o leopardo nunca esconde as garras

(ZIMBÁBUE)

Conta-se que uma vez, num povoado do centro do Zimbábue, todos os animais da selva ficaram doentes. Muito, muito doentes. Elefantes, impalas, zebras, rinocerontes, búfalos, pássaros de todo tipo, girafas, macacos... um atrás do outro, caíam deitados no chão, tremendo. Cada vez mais animais iam perdendo as forças. A serpente píton, uma das mais antigas do lugar e a que mais histórias havia ouvido, reuniu os poucos animais que ainda não estavam doentes e disse:

— Ouçam, é preciso que a gente faça alguma coisa logo. Eu sei que nas montanhas de Chimanimani cresce uma planta mágica que tem folhas com manchas amarelas. Ela cresce embaixo das ***msasa***, as árvores mais fortes das montanhas. É preciso que o mais rápido de nós vá logo até lá e volte com as folhas. As folhas têm de ser comidas como remédio antes que passem três dias, senão morreremos todos! E as montanhas ficam longe!

Todos os animais que ouviam a serpente píton se voltaram para o leopardo. Sem dúvida, era o animal mais rápido de todos e por sorte ainda não estava doente!

— Sim, meu amigo — disse a sábia píton ao leopardo —, você é o mais rápido de nós e é preciso que vá logo até as montanhas de Chimanimani!

O leopardo saiu correndo imediatamente em direção às montanhas. Para ele era uma grande honra e um dever poder ajudar seus amigos. Correu durante um dia inteiro até ver as montanhas no horizonte. Observava-as de longe para tentar distinguir as *msasa*, as árvores onde havia de encontrar as folhas mágicas. Estava cansado. Parava de vez em quando e continuava em seguida. Naquele tempo, as garras do leopardo, quando ele não as usava para atacar ou para trepar nas árvores e agarrar bem forte, ficavam escondidas.

Quando o leopardo chegou ao pé de uma cachoeira impressionante, já fazia um dia e meio que havia deixado seus amigos para trás. Só lhe restava um dia e meio para colher as folhas de manchas amarelas que cresciam embaixo das *msasa* e voltar. Quando já fazia um tempo que estava subindo as montanhas, viu as árvores *msasa*, umas ao lado das outras. E embaixo havia matas imensas de folhas de um verde chamativo com manchas redondas de cor amarela. Antes de ir embora, a serpente píton lhe havia dito que quando encontrasse as folhas tinha que arrancá-las sem que as raízes se partissem. O leopardo precisou escavar com as garras a terra em volta das plantas. As poucas garras que não haviam se quebrado durante o longo percurso acabaram se partindo enquanto ele escavava a terra. Estava com as patas doloridas, mas não queria se deixar vencer. Queria terminar bem sua missão. Já haviam se passado dois dias inteiros, e ele já tinha uma boa pilha de ervas mágicas arrancadas da terra e com as raízes intactas. Sabia que haviam se passado dois dias: olhando o céu, todos os animais podiam guiar-se pelas diferentes cores das nuvens, pela posição do sol e da lua.

Finalmente o leopardo começou a viagem de volta para casa, tão rápido quanto pôde, levando o grande monte de folhas com manchas amarelas preso entre os dentes e com muito cuidado. Chegou bem cansado. Todos os animais o esperavam impacientes. A serpente píton deu as instruções sobre como cortar as folhas e sobre como deviam ser mastigadas. Poucos minutos após terem engolido as folhas bem mastigadas, um por um os animais foram se sentindo melhor.

Então, os animais mais velhos, e que, portanto, tinham mais poder, decidiram que era preciso recompensar o leopardo de alguma maneira por ter se esforçado tanto para ajudar a todos. E foi o velho elefante quem sugeriu que o leopardo mostrasse sempre as garras, como se fossem uma espécie de medalha que se exibe e que faria com que todos se lembrassem da sua proeza e o respeitassem. Com aquelas garras ele havia corrido, subido as montanhas e escavado a terra para trazer as ervas mágicas para os seus amigos. As garras quebradas e arruinadas do leopardo voltaram a ser como haviam sido sempre: fortes, compridas e afiadas.

E desde aquele dia todo mundo que vê um leopardo de perto e repara em suas garras lembra dessa história.

A lebre e o gênio da selva

(GANA E OUTROS PAÍSES DA ÁFRICA OCIDENTAL)

Um dia a lebre foi procurar o gênio da selva e disse:
— Oh, gênio! Você, que vela sobre todos os habitantes da selva, você, que é o mestre dos mestres, queria lhe pedir uma coisa.

— Do que se trata?

— É uma coisa só: quero que você me torne mais inteligente. Quero ser o animal mais inteligente de todos.

— Mas por quê?

— Quero ter o cérebro mais poderoso que o de todos os outros animais da selva.

O gênio ficou um tempo pensando em silêncio e depois disse:

— Está certo, vou tentar atender ao seu desejo, mas primeiro você vai ter que demonstrar o que é capaz de fazer. Leve essa abóbora vazia e traga-a de volta cheia de passarinhos; pegue essa outra carcaça de abóbora e traga-a de volta cheia de leite de impala; leve também esse bastão e traga uma cobra do mesmo comprimento. Quando você voltar com a abóbora cheia de passarinhos, a abóbora cheia de leite de impala e a cobra do mesmo comprimento do bastão, então vou decidir o que posso fazer por você.

A lebre foi embora com tudo o que o gênio lhe dera. Depois de ter andado um bom tempo, parou ao lado de uma fonte onde muitos animais iam beber, principalmente na hora do pôr do sol. E ali ficou um bom tempo, pensando e pensando, até que o sol começou a descer e acabou sumindo no horizonte.

De repente, um bando de passarinhos da selva chegou até aquele lugar. Os pássaros saltavam, chegavam perto da fonte e do rio, bebiam, espirravam água uns nos outros, voavam e não paravam de cantar. A lebre, que não demorou a vê-los chegar, teve uma ideia. Saiu do seu esconderijo e começou a gritar com todas as suas forças:

— Não!... Não!... Nunca vou conseguir! É impossível! Totalmente impossível! Quem é que pode acreditar numa coisa parecida? Não, não e não! Não são numerosos o suficiente, impossível!

Os pássaros, ao ouvirem os gritos da lebre, pararam logo e, intrigados, perguntaram o que estava acontecendo, por que estava tão agitada.

— Nem me perguntem! Não me atrevo a contar! É uma besteira!

— Mas do que se trata? O que é tão impossível assim?

— Alguém me disse que todos vocês podiam caber dentro dessa abóbora aqui. Mas eu sei que é totalmente impossível: vocês são muito numerosos e, além disso, é impossível que consigam ficar aqui dentro umas quantas horas!

— Mas é claro que podemos! — responderam os pássaros. — Podemos encher a abóbora inteira e não vai acontecer nada com a gente!

— Não, insisto, é impossível! — voltou a dizer a lebre.

— Ah, é? Então agora vamos demonstrar que você está equivocada!

Um primeiro pássaro entrou na abóbora, depois um segundo e a seguir um terceiro, e assim até que a abóbora ficou cheia, gomo por gomo.

Então, a lebre maliciosa pulou em cima da abóbora, fechou-a tão forte quanto pôde para que os pássaros não pudessem fugir e a escondeu num canto atrás da fonte.

Pouco depois chegou uma impala para beber a água empoçada da fonte. E a lebre começou a pular por todo canto, da direita para a esquerda, para a frente e para trás, gritando com todas as suas forças:

— Não! Não! Nunca! É impossível! Quem pode acreditar numa coisa dessas? Não, não e não! Não tem leite suficiente!

A impala, toda surpresa, parou em cima das quatro patas, observou a lebre e perguntou:

— O que está acontecendo, lebre? O que é tão impossível assim?

— Ui, não quero nem falar disso! Trata-se de uma coisa totalmente impossível!

— Mas o que é?

— Alguém me falou que você seria capaz de encher essa abóbora com seu leite. Mas eu sei que é impossível: você não tem leite suficiente para isso.

— Você está brincando, não é, lebre? — disse a impala, rindo. — É claro que posso deixar essa abóbora bem cheia!

Mas a lebre fingiu que não acreditava, fazendo que não com a cabeça.

— Não, a verdade é que você não consegue.

— Ah, eu não consigo, hein? — respondeu a impala, um pouco zangada. — Espere um pouco e verá!

E se acomodou sobre a abóbora, e seu leite começou a cair dentro dela. Caía, caía e caía, e mais e mais e mais. Até que a abóbora ficou bem cheia.

— Perdi a aposta — disse a lebre com cara de triste. — Meu primo leão estava certo quando falou que você tem mais leite que a vaca. Vou lá dizer para ele vir aqui ver.

E ao ouvir isso a impala ergueu as orelhas em sinal de alarme e exclamou:

— Adeus, lebre! É melhor eu ir embora. Vejo seu primo outro dia!

E, de um pulo, ela desapareceu dentro da selva.

A lebre, contente por ter podido perder de vista a impala tão facilmente, logo tampou a abóbora cheia de leite com muito cuidado e a levou até onde guardava a abóbora com os pássaros.

Não passou muito tempo e uma cobra apareceu por ali para se refrescar onde o rio começava. Assim que a viu, a lebre começou a andar devagar ao lado do bastão deitado no chão, gritando bem alto:

— Dois passos... Três passos... Quatro passos... Não! Não! Cinco passos... Impossível! Seis passos... Mas quem é que acredita nisso? É impossível! Não, não e não! Ela não é tão comprida assim!

A cobra parou para observar a lebre, seus gestos e seus gritos agitados ao lado do bastão de madeira. E perguntou o que estava acontecendo.

— Ui, não quero nem falar disso! Trata-se de uma coisa totalmente impossível!

— Mas o que é? Por que você está tão agitada?

— É que alguém me falou que você é tão comprida como esse bastão. Mas sei que é impossível, que você não é tão comprida assim!

— Você não está falando sério, não é? — exclamou a cobra.

— É claro que estou! É impossível que você seja tão comprida quanto esse bastão!

— Então agora você vai ver! — disse a cobra, incomodada porque a lebre não acreditava nela. E se esticou do lado do bastão... E naquele momento a lebre deu um bote, amarrou a cobra no bastão dando um nó na cabeça e outro na cauda, e apertou bem para que a cobra não pudesse escapar.

Então a lebre pegou as duas abóboras cheias e o bastão com a cobra amarrada e foi ver o gênio da selva outra vez.

— Olhe, aqui está tudo! A abóbora cheia de pássaros, a abóbora cheia de leite de impala e a cobra comprida como seu bastão.

O gênio da selva olhou tudo com atenção e tocou a testa da lebre dizendo:

— A verdade é que se eu tornasse você mais inteligente estaria fazendo uma besteira.

— Por quê? — perguntou a lebre.

— Porque você já é esperta o suficiente assim! Se você fosse mais inteligente, acabaria sendo meu mestre!

O crocodilo e o macaco

(Quênia)

Há muitos, muitos e muitos anos, num canto do Quênia à beira do rio Galana e bem perto da costa, vivia um macaco bastante simpático. Morava entre os galhos de uma mangueira. Aquela árvore era sua casa e de lá de cima ele podia ver um bom pedaço do rio antes que chegasse ao mar. O macaco passava o dia escolhendo as melhores mangas para comer. Eram sua fruta preferida.

Do outro lado da margem vivia um crocodilo solitário. Um dia, ele saiu para dar uma volta nadando lentamente e viu o pequeno macaco fartando-se de mangas. Por alguns dias, toda manhã o crocodilo se aproximava da árvore onde vivia o macaco para observá-lo. As mangas pareciam tão deliciosas!

Um dia, nadou até a outra margem e gritou:

— Ei, macaco! Jogue uma manga para mim, por favor. Estou com muita fome!

— E desde quando crocodilo come manga?

— Sei lá! Mas é que fiquei observando você muitas vezes e essas mangas parecem deliciosas! Pode jogar uma para mim?

E o macaco escolheu uma manga e jogou no meio daquelas longas fileiras de dentes afiados que os crocodilos têm.

No dia seguinte, o crocodilo voltou até a mangueira. E o macaco compartilhou as frutas com ele. E no outro dia, e no outro... E conversaram, conversaram, e acabaram ficando muito amigos. E um dia o crocodilo disse ao macaco que queria convidá-lo para ir até sua casa.

— Mas como é que você quer que eu vá até sua casa se eu não sei nadar?

— Suba em cima de mim e eu vou transportá-lo!

O macaco pulou em cima do crocodilo e agarrou bem forte no seu pescoço. E os dois adentraram nas águas do rio Galana.

— Preciso lhe dizer uma coisa que não estou com vontade de dizer.

— O que é? — perguntou o macaco.

— Eu preparei uma armadilha, traí você. Não quero mostrar minha casa nem convidá-lo para jantar... Sei que estou a ponto de perder sua amizade.

— Mas o que você está dizendo? Nade mais devagar, que não estou entendendo nada!

— Os crocodilos do rio me pediram que eu capturasse você. Faz tempo que expliquei que a gente tinha virado amigo e que dividia as mangas.

— E o que eles querem? Mangas?

— Não... A cabeça dos crocodilos está muito doente. O conselho dos sábios decidiu que só há uma coisa que pode curá-la, e é comer um pedaço de lealdade. E todo mundo sabe que encontra lealdade no coração dos macacos! Por isso me pediram que eu fosse buscá-lo.

— Meu coração? Não posso acreditar! — exclamou o macaco, surpreso.

— Eu não queria fazer isso, mas me obrigaram! Verdade, eu não queria estragar nossa amizade!

O macaco era muito esperto e pensava rápido, e depois de ficar um tempo calado disse ao crocodilo:

— Fique tranquilo, amigo, eu vou ajudá-lo a salvar a cabeça dos crocodilos!

— Jura que vai fazer isso?

— Vou, mas só tem um problema: os macacos nunca deixam seu coração muito longe de casa. O meu está lá na mangueira, amarrado nos galhos mais altos. E está cheio de lealdade!

— É mesmo? — exclamou o crocodilo, surpreso.

— É! Ou seja, pode ir dando meia-volta até minha árvore! Não podemos perder nenhum minuto se você quer salvar a cabeça dos crocodilos, eles devem estar morrendo!

O crocodilo voltou para trás, rio abaixo, tão rápido como pôde. Nadou como o vento, com o macaco nas costas, até chegar à margem onde ficava a mangueira. Antes que pudesse chegar bem perto, o macaco deu um pulo e trepou tronco acima até desaparecer entre os galhos e as frutas.

Passaram-se muitos minutos e o macaco não aparecia.

— Ei! Onde você está? Desça logo que a gente não tem tempo! — gritou o crocodilo.

Mas apenas o silêncio lhe respondia. O crocodilo esperava e esperava, e começou a ficar nervoso.

— Você escondeu o coração tanto assim?

E ouvia apenas o silêncio.

— Ei, amigo! Traga seu coração, preciso dele! Está ouvindo? Mas o que acontece com você?

Por fim, lá de cima do galho mais alto, o macaco respondeu com voz forte e clara.

— Sua besta! Você tinha a lealdade nas suas mãos e agora a perdeu todinha! Pode voltar para os seus de mãos vazias! Se não há lealdade no seu coração, você não merece a minha!

Eis o fim deste conto, que agora segue rio Galana acima, com o crocodilo.

O vento e a tartaruga

(CONTO **SENUFO** DA COSTA DO MARFIM)

Todos os animais daquela planície haviam cultivado um grande campo com seu mestre, o leão. A serpente píton, a galinha-d'angola, a tartaruga que sabia falar com os espíritos da água, o pequeno crocodilo e a gazela. Até a hiena havia plantado algumas sementes. Quando o ***mill*** já estava maduro e dourava os campos, decidiram colhê-lo todos juntos. Mas que desgraça! Não fazia nada de vento e não podiam bater e abanar o *mill*! Ninguém vai querer pôr *mill* no seu celeiro sem bater nem abanar.

O leão disse a todos:

— Aquele que conseguir encontrar **Kutielo**, nossa avó e deusa do céu, a que separou as águas da terra, e lhe pedir que nos dê vento, levará três sacos de *mill* para a sua casa e não precisará mais trabalhar nos campos!

Os habitantes dos campos disseram todos ao mesmo tempo:

— A lebre é a mais esperta de todos, é ela que tem que ir buscar o vento.

— Tudo bem, eu irei! — disse a lebre, já tomando o caminho.

Quando chegou lá onde estava Kutielo, cumprimentou-a do jeito que os senufos cumprimentam quando é de manhã:

— *Foo yéhéna*, Kutielo! Vim até aqui lhe pedir vento. Lá no povoado estamos esperando o vento para poder bater e abanar o *mill*.

— Lebre, gostaria muito de lhe dar vento, mas sua força é maior que a dele?

— Sim, sou uma lebre e tenho mais força que o vento.

Kutielo deu-lhe o vento, mas a preveniu:

— Abra caminho para o vento. Ele vai correr atrás de você. Se ele a agarrar não vai passar na sua frente, mas irá embora.

A lebre não entendeu muito bem e pediu para ter um pouco de vantagem, o que Kutielo aceitou. Ela foi embora depressa. Parecia que suas patas queriam alcançar suas orelhas. Um pouco mais tarde, o vento se levantou... e logo a lebre o sentiu atrás dela. Bem quando a lebre estava a ponto de ser ultrapassada pelo vento, este voltou para o lugar de onde viera.

Quando chegou aos campos onde todos os outros animais a estavam esperando, a lebre disse:

— Gastei todas as minhas forças, mas não consegui trazer o vento até aqui.

Os animais se perguntaram quem poderia ter mais força que o vento. E a hiena disse bem alto:

— Eu vou buscá-lo! E os três sacos de *mill* serão meus!

E foi embora e chegou até onde estava Kutielo.

— *Foo tchangana*, Kutielo — cumprimentou-a do jeito que os senufos cumprimentam quando é logo depois do meio-dia. — Você precisa me dar o vento, estamos esperando-o para poder bater e abanar o *mill*.

— Hiena, eu quero lhe dar o vento, mas você tem mais força que ele?

— Sim, tenho mais força que o vento!

Kutielo lhe deu o vento, porém disse:

— Abra caminho para o vento, ele vai persegui-la. Se ele a alcançar não vai passar na sua frente, mas vai voltar para a casa dele. Pode começar a correr, logo depois ele vai segui-la.

A hiena começou a correr muito rápido! Logo o vento se levantou e a hiena sentiu que ele a seguia. E quando estava a ponto de passar à sua frente, deu meia-volta e retornou por onde viera.

Depois da lebre e da hiena, todos os habitantes dos campos tentaram conseguir o vento, mas sem sucesso. Nenhum deles era mais rápido que ele.

O *mill* ainda aguardava nos campos, no terreiro, pronto para ser batido, e todos os animais estavam muito tristes. De repente, a tartaruga, na qual ninguém havia pensado, disse:

— Eu vou lá ver Kutielo. Vou tentar trazer o vento até aqui!

Todos ficaram surpresos e riram um pouco, mas a tartaruga foi, decidida. Quando encontrou a deusa, cumprimentou-a do jeito que os senufos cumprimentam quando é fim de tarde:

— *Tchangohona*, Kutielo!

E a tartaruga lhe pediu o vento.

— Tartaruga, todos os seus companheiros dos campos tentaram levar o vento até o povoado e não conseguiram. Você acha que pode fazer isso? Acha de verdade que tem mais força que o vento?

— Kutielo, você é quem decide tudo. Você é quem decide quem pode e quem não pode. Então eu quero tentar. Lá embaixo nos campos, sem o vento, faz muito calor e o *mill* está esperando diante dos terreiros.

A tartaruga, como os outros, teve um pouco de vantagem e começou a andar antes que o vento. Um pouco, e então um pouco mais, e mais... Depois de um bom tempo o vento levantou, mas a tartaruga já havia corrido um grande trecho do caminho! Quando chegou aos campos, o vento ainda estava atrás dela e mal conseguia tocar no seu casco. Todos os animais viram a tartaruga chegar e começaram a gritar:

— A tartaruga! A tartaruga está chegando e trazendo o vento!

A tartaruga havia conseguido.

O vento soprou horas e horas, dias e dias, até que todo o *mill* ficou bem abanado e batido. O vento soprou tão forte que trouxe este conto até aqui!

As hienas e o chacal

(Djibuti)

Alguém contou que um dia a hiena Ouraba viajava com sua irmã para Obock, uma cidade do norte de Djibuti que tem um bonito porto no mar Vermelho. Já fazia dias que caminhavam quando Dayo, o chacal, viu as duas e correu para cumprimentá-las. E lhes propôs andarem os três juntos, já que ele também ia para o leste. Depois de andarem um bom tempo, de repente escureceu, como sempre. Por sorte, pouco antes que tudo ficasse escuro, viram que estavam perto de uma ***daybota***. Aproximaram-se com prudência. O mato os escondia bem. Ficaram lá quietos por um tempo e nada se mexia.

— Ouraba, você poderia ir lá ver se tem alguém dormindo dentro daquela cabana — propôs o chacal Dayo.

— Por que eu?

— Porque você é a mais velha!

Ouraba foi até a *daybota* e voltou depressa anunciando que não havia ninguém.

— Onde será que estão os que moram aqui?

— Isso agora tanto faz, o que importa é que não estão aqui e que a gente vai poder dormir bem.

A *daybota* estava construída sobre um chão de pedras bem assentadas. Em seu interior havia uma jarra cheia de leite e restos de comida.

— Vamos dormir muito bem!

— Minha irmã e eu vamos dormir na cama, que é maior, e você vai arrumar outro lugar.

— Mas aonde vocês querem que eu vá? Está quase chovendo! E a ideia de entrar na *daybota* foi minha!

Porém o chacal Dayo achou uns galhos de acácia e umas esteiras de folha de palmeira trançada e construiu uma pequena cabana só para ele, do lado de fora da *daybota*. As nuvens haviam coberto as estrelas e se ouviam trovões se aproximando. Dayo não estava contente, mas não podia fazer nada contra as duas hienas irmãs, porque elas eram mais fortes que ele. Como não conseguia dormir, teve uma ideia. E gritou bem alto para que as hienas pudessem ouvi-lo:

— Espero que pelo menos uma de vocês durma com um olho aberto... Se os moradores dessa *daybota* voltarem e encontrarem vocês, não vai dar para fugir! Só tem uma porta para entrar e sair!

— Dayo, estamos com sono, mas o que é que você está dizendo? — falou Ouraba, também gritando de dentro da *daybota*.

— Só estou dizendo que eu tenho apenas uma boa esteira como teto e que poderia fugir facilmente em qualquer direção. Em compensação, se o vento fechar a porta, você e sua irmã ficarão presas!

Ouraba refletiu um pouco depois de ouvir as palavras do chacal e gritou:

— Dayo, você é meu amigo e viajamos juntos! Vamos trocar, minha irmã e eu vamos dormir no seu lugar!

— Mas no meu lugar... vocês duas não vão caber! E a chuva está quase caindo. Já dá para ouvi-la de longe e estou convencido de que vai fazer transbordar o **uádi** que passa por aqui!

A hiena Ouraba suplicou-lhe que trocassem de lugar, até que o chacal aceitou:

— Está bem, concordo! Aceito! Mas é só porque vocês duas são mais velhas e eu sou muito educado.

Quando Ouraba e sua irmã saíram da *daybota*, a chuva já caía com força. Mais adiante, as águas que passavam pelo uádi já haviam transbordado. Dayo ficou encantado por poder entrar na *daybota*. Fechou bem a porta, esticou-se todo na cama macia e dormiu num minuto. Nem o rumor do vento nem o barulho da chuva o acordaram durante toda a noite.

Ouraba e a irmã passaram uma noite muito molhada e quase não conseguiram dormir. Não parou de chover até o amanhecer.

A chuva fez com que as duas se lembrassem de que haviam sido muito tolas!

Laika, o caranguejo que sonhava demais

(Ilha de Zanzibar, Tanzânia)

Numa praia deserta de areia branca de coral da ilha de Zanzibar, vivia uma mãe caranguejo com a filha, Laika. Tinham sua toca ao pé do tronco de uma palmeira de galhos majestosos que se inclinavam sobre a água do oceano Índico. Laika passava o dia inteiro sonhando acordada. Olhava os barcos a vela que navegavam pelo mar, que naquela região eram chamados de ***dhow***, e imaginava que um dia um príncipe viria buscá-la e iriam embora juntos mar afora para descobrirem outras paisagens. A mãe de Laika estava preocupada com a filha sonhadora.

— Você precisa parar de perder tempo sonhando desse jeito! Tem que encontrar mais amigos e amigas como você e sair para brincar!

Mas, apesar dos conselhos da mãe, Laika não conseguia parar de sonhar com o príncipe que viria buscá-la de barco e a levaria mar afora. Dia após dia, sentava-se ao sol da praia branca e imaginava como poderia ser sua vida longe dali.

De vez em quando, a praia onde viviam Laika e sua mãe se enchia de gente que ia lá passear e nadar. Um dia, Laika estava sentada fora de casa quando viu três meninos se aproximando. E ouviu a conversa deles:

— Que praia mais bonita!

— É mesmo! Se não fosse pelas marcas de pés na areia teríamos a impressão de ser os primeiros a pisá-la!

— Olhem essas pegadas, que enormes! Parecem os passos de alguém importante, que anda pisando duro!

Os meninos se afastaram e nem repararam no pequeno caranguejo, Laika, que estava sentado ao pé da alta palmeira inclinada sobre a água. Mas ela ficara escutando, e a conversa a fez imaginar que aquelas pegadas tão especiais podiam ser as do príncipe dos seus sonhos. Decidiu segui-las e tentar encontrá-lo. Talvez ele já tivesse chegado em seu barco e ela ainda não o vira!

Quando o sol começou a se pôr, a mãe de Laika saiu da toca para chamá-la, mas não a viu. Chamou o mais alto que pôde, porém Laika não respondia. Quando já havia passado um bom tempo, a mãe caranguejo voltou a chamá-la, e como Laika não aparecia, ficou preocupada de verdade. À noite, havia muitos perigos nas praias. O maior era a maré, que puxava muito e carregava tudo. Principalmente levava embora os caranguejos pequenos e as conchinhas.

Enquanto isso, Laika estava tão obcecada para encontrar o proprietário daquelas pegadas que não percebeu que havia escurecido. A maré alta tinha mudado completamente a paisagem da praia. E de repente ela se sentiu muito, muito pequena. As sombras das palmeiras lhe davam bastante medo, e o barulho dos cocos que caíam com força contra a areia a assustava. O ruído das ondas que batiam contra a barreira de coral um pouco mais longe lhe pareceu mais espantoso do que nunca. Laika encontrou uma rocha com um buraco, bem afastada da água e protegida do vento, e se escondeu. E ali, encolhida, pensou em todas as coisas que eram importantes para ela. Sua mãe, sua toca, seus amigos caracóis e as conchinhas da praia.

Passou a noite como foi possível e, assim que o dia começou, fez o caminho de volta para casa. Era um pouco longe, mas ela sabia voltar. Caminhou tão depressa quanto pôde até reencontrar a mãe, que não dormira a noite toda pensando no que poderia ter acontecido com a filha.

— Sinto muito! Sinto de verdade! — disse Laika. — Agora sei que os sonhos são apenas sonhos e que é melhor viver com o que a gente tem!

E foi assim que Laika deixou de ser solitária e sonhadora e passou a ser um caranguejo que brincava com os outros animais da praia: os caranguejos como ela, as estrelas-do-mar, os caracóis e as conchas de todas as formas e cores. Mas, quando passava um barco por ali, Laika o olhava e suspirava.

MITOS DA CRIAÇÃO, DA NATUREZA, LENDAS E AVENTURAS

Na África há muitas histórias que tentam explicar a criação do universo ou os mistérios da natureza. Como foi criada a Terra ou por que acontecem os eclipses são coisas relatadas de jeitos muito diferentes. E existem quase tantas versões quantas são pessoas que contam essas histórias! Aqui vocês encontrarão algumas delas, e também lendas e aventuras que nos transportam para um mundo mágico e único.

A criação do universo

(Conto **iorubá** da Nigéria e de outros países da África ocidental)

Quando ainda não existia nada como conhecemos hoje, havia apenas uma grande extensão de céu e uma enorme extensão de mar. Olorum era o rei e deus do céu e Olocum era a rainha e deusa do mar. Os dois reinos estavam totalmente separados e nunca houvera nenhum conflito entre as duas divindades. Olorum estava satisfeito com seu reino e quase nunca sabia de nada do que acontecia abaixo do céu. Olocum também estava contente com seu reino, embora ali não houvesse vegetação nem criaturas de espécie alguma.

Mas o jovem aprendiz de deus Obatalá, que não concordava muito com essa divisão, olhou para baixo lá de cima do céu e disse a si mesmo:

— O reino que temos abaixo de nós tem um aspecto deplorável. É preciso fazer alguma coisa para melhorá-lo! Se pelo menos houvesse montanhas e bosques para dar-lhe outro aspecto e um pouco mais de cor!

Foi assim que Obatalá decidiu ir ver seu rei Olorum para explicar-lhe sua ideia.

— Preciso admitir que você tem razão. As montanhas e os vales que você descreve seriam muito melhores que essa mancha cinza imensa que temos lá embaixo. Mas quem vai criar esse novo mundo? E de que jeito? — disse Olorum.

— Se você deixar, eu mesmo vou tentar — respondeu Obatalá, com voz segura.

— Está bem. Tem minha permissão. Mas antes você terá que ir ver meu filho Orunmilá. Você já sabe que ele tem o poder de prever acontecimentos futuros e de encontrar soluções.

No dia seguinte, Obatalá foi ver o filho de Olorum. Depois de fazer seu ritual de adivinhação, Orunmilá disse:

— Você precisa encontrar uma corrente de ouro tão comprida que lhe permita descer do céu até as águas do reino que temos embaixo. Ao descer, tem que levar junto um caracol cheio de areia, uma galinha branca, um gato preto e uma tâmara. É tudo o que você necessita para conseguir seu intento.

Obatalá ouviu-o atentamente. A primeira coisa que fez foi ir ver um ferreiro para encomendar-lhe a corrente de ouro. Mas acontece que ele não tinha ouro suficiente. Assim, teve que visitar todos os deuses do reino de Olorum para pedir que lhe dessem ouro para fabricar a corrente mais comprida possível. Quando a corrente ficou pronta, Orunmilá deu um saco a Obatalá. Dentro dele havia tudo de que ele precisava: o caracol cheio de areia, a galinha branca, o gato preto e a tâmara. O jovem deus amarrou o saco nas costas e começou a descer pela corrente até as águas. Descia e descia lentamente, sentindo a umidade que subia das águas. Até que a corrente acabou..., mas ele ainda estava alto demais para pular! De repente, ouviu a voz de Orunmilá, que lhe ditava o que devia fazer:

— Pegue o caracol que você tem dentro do saco e jogue toda a areia na água!

Obatalá fez o que lhe dizia Orunmilá.

— Agora jogue a galinha — gritou Orunmilá.

Obatalá pegou a galinha do saco e a jogou nas águas. A galinha foi cair onde havia caído antes a areia. Tentava caminhar por cima das águas para não se afogar, e os grãos de areia iam se transformando em terra firme e seca. Os grãos maiores se convertiam em montes e, entre os montes, apareciam vales. Obatalá decidiu que já podia pular da corrente. Caiu sobre a terra e andou todo sorridente. Agora havia terra em todas as direções. No lugar onde caiu ao saltar da corrente, ou seja, no primeiro pedaço de terra que pisou, ele abriu um buraco com as mãos e plantou a tâmara. Imediatamente a tâmara se transformou numa palmeira e um pouco adiante apareceu outra, e outra, e mais uma... Com alguns troncos de palmeira caídos e algumas folhas, Obatalá construiu uma cabana e ali viveu feliz em companhia do gato preto.

A deusa Olocum estivera observando todo o processo de criação daquele novo reino entre o céu e o mar e achou que estava bom. E desde aquele instante Obatalá se converteu no deus e rei da terra. E tudo começou a ser tal como conhecemos hoje.

Como o mundo foi criado a partir de uma gota de leite

(MÁLI)

No princípio havia uma enorme gota de leite. Então Doondari desceu à terra e criou uma pedra. Depois a pedra criou o ferro. E o ferro criou o fogo. E o fogo criou a água. E a água criou o ar. E então Doondari voltou a descer à terra e pegou os cinco elementos.

E com esses elementos modelou uma figura humana. Um homem. Mas o homem era muito forte. E Doondari criou a cegueira. E a cegueira venceu o homem.

Mas quando o sono ficou muito forte, Doondari criou o tédio, e o tédio venceu o sono. E quando o tédio ficou muito forte, Doondari criou a morte, e a morte venceu o tédio. Mas quando a morte ficou muito forte, Doondari desceu pela terceira vez à terra disfarçado de Guéno, a eternidade. E Guéno venceu a morte.

As brigas entre o Sol e a Lua

(LENDA DA ÁFRICA OCIDENTAL: COSTA DO MARFIM, GANA, TOGO...)

Preparem uma panela e uma colher para bater e ouçam esta lenda antiga!

O Sol e a Lua se apaixonaram e decidiram morar juntos. Durante um tempo foram muito felizes e tiveram muitos filhos: as estrelas. Pouco depois, porém, a Lua não conseguiu resistir à tentação de ter um amante. O Sol descobriu e não ficou nada contente. Primeiro tentou falar com a Lua para lhe dizer que queria morar com ela, só com ela. Mas a Lua insistia que queria ser livre e que não podia garantir que iria viver com ele para sempre. O Sol não aceitou isso e pediu à Lua que fosse embora de casa. Alguns de seus filhos decidiram ir embora com sua mãe Lua, e outros decidiram ficar com seu pai Sol. E continuamente brigavam entre si. Quando isso acontecia, as estrelas da Lua e as estrelas do Sol provocavam grandes tempestades cheias de raios e trovões. E só quando a Lua ficava farta de tanta briga, chamava seu amigo Arco-Íris para que estabelecesse um pouco de calma e de paz. As estrelas sabiam que quando viam o amigo da sua mãe vestido com aquelas cores tão vivas tinham que parar com a briga.

Às vezes era a Lua que ficava zangada com o Sol porque este a espiava e dizia o que ela tinha ou não que fazer. E suas discussões eram tão fortes e eles ficavam brigando tão perto um do outro que provocavam um eclipse.

Se algum dia vocês virem um eclipse, a melhor maneira de parar com as brigas entre o Sol e a Lua é batendo panelas ou tambores, o mais forte que puderem. Porque se o Sol ficar zangado além da conta, ele pode desmanchar a Lua com seus raios, e a gente ficaria sem ela para sempre!

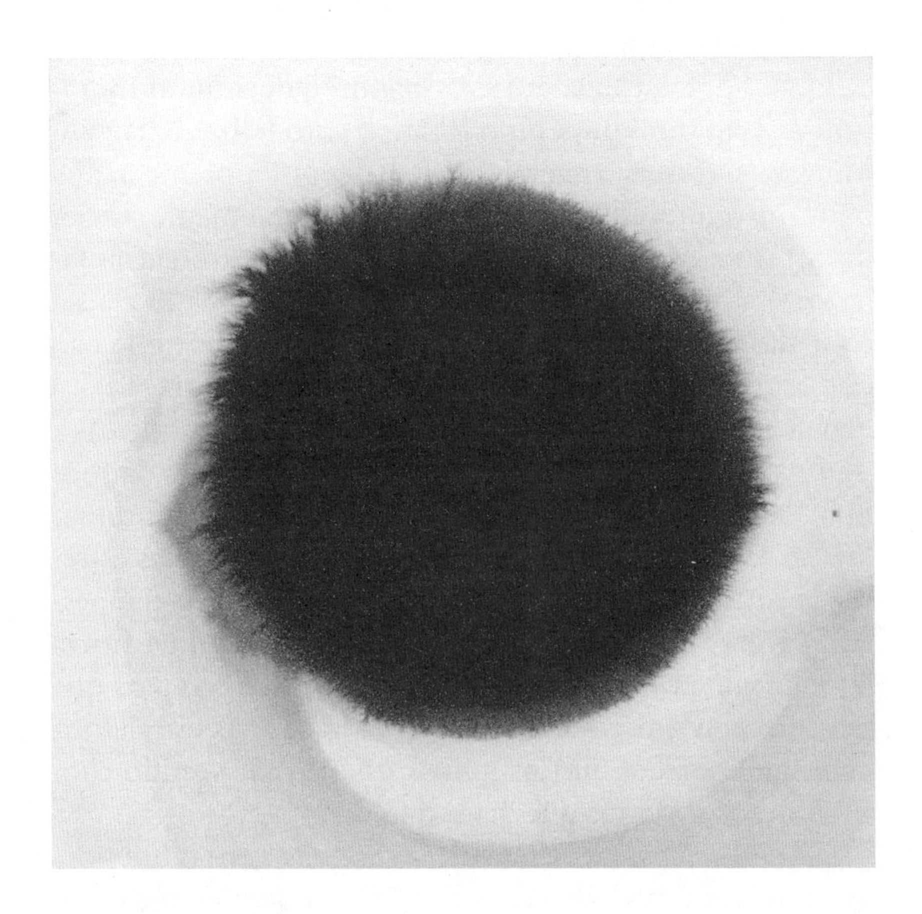

Como apareceu a escuridão

(Serra Leoa)

No princípio do princípio do princípio do mundo, não existiam nem a escuridão nem o frio. O Sol sempre brilhava durante o dia, e à noite a Lua fazia muito clarão, o suficiente para enxergar. Porém um dia, os deuses chamaram o morcego e lhe deram uma trouxa muito misteriosa para que ele a levasse até a Lua. Disseram-lhe que dentro da trouxa havia a escuridão, mas que não tinham tempo para lhe dar maiores detalhes. O morcego obedeceu aos deuses e foi procurar a Lua, sem saber exatamente do que se tratava aquela missão tão estranha.

Foi sobrevoando as paisagens tranquilamente, com a trouxa bem amarrada nas costas. Aos poucos, começou a ficar com fome e a se sentir cansado. Não tinha pressa alguma, então descarregou a trouxa, deixou-a na beira do caminho e foi buscar alguma coisa para comer. Mas enquanto estava distraído procurando comida, apareceu um grupo de animais desconhecidos que o observava de longe. Os animais, cheios de curiosidade, se aproximaram, lentamente e sem fazer nenhum ruído, da trouxa que o morcego deixara ali no chão. O que será que havia dentro? O morcego voltou ao lugar onde estava sua trouxa na hora em que os animais estavam desamarrando o último pedaço de barbante. Correu para detê-los, mas era tarde demais! A escuridão abriu caminho a partir do fundo da trouxa, subiu até o céu e foi manchando-o de modo rapidíssimo sem que ninguém pudesse fazer nada. O morcego voou atrás dela tentando deter a escuridão e fazê-la voltar para dentro da trouxa, mas era impossível! E agora, o que aconteceria quando os deuses descobrissem o que havia acontecido?

Contudo, quanto mais se esforçava para capturar a escuridão, mais ela se espalhava por toda parte. Finalmente ele voltou para o chão, recolheu as asas e foi dormir esgotado.

Depois de dormir o quanto pôde, o morcego acordou num mundo muito estranho, muito escuro. E mais uma vez saiu voando em todas as direções tentando capturar a escuridão, sem sucesso.

O morcego não conseguiu trazer a escuridão de volta para a trouxa. E desde aquele dia, se vocês encontrarem um morcego e repararem bem, vão ver que, assim que o sol se põe e aparece a escuridão, ele sai em disparada voando em todas as direções para tentar uma vez mais capturar a escuridão e levá-la até a Lua, tal como lhe haviam pedido os deuses.

A escuridão reina, então, a noite inteira. E ninguém pode evitar isso.

O espírito do Grande Baobá

(ZIMBÁBUE)

Há muito, muito tempo, existia um enorme baobá perto do rio Zambezi, que todo mundo chamava de o Grande Baobá. O baobá desse conto era o maior, o mais grosso e o mais alto de todos. Tinha vivido muitíssimos anos e aprendido várias coisas. Portanto, era uma árvore muito sábia. Todas as outras árvores e os animais que viviam por ali a tratavam com bastante respeito. Sua fama se espalhara por toda parte, e eram muitos os que se aproximavam para pedir conselhos.

Um dia chegou à beira do rio um espírito de árvore que procurava uma nova casa para morar. Os espíritos das árvores são muito especiais e sempre procuram a melhor árvore para se instalar. Então, ele se dirigiu ao Grande Baobá e perguntou se poderia se instalar e morar dentro do seu tronco. O Grande Baobá ficou muito contente com a proposta e aceitou na hora. Era uma honra ser a árvore escolhida por um espírito!

Durante um tempo, o Espírito da Árvore fez com que todos os habitantes daquele trecho da selva junto ao rio Zambezi vivessem felizes. Mas, um dia, uma praga estranha e desconhecida caiu sobre a selva e estragou as plantas e as árvores, apodreceu os frutos e fez adoecer os animais. Até os peixes da beira do rio nadaram para bem longe dali para não morrerem envenenados. Milhares e milhares de gafanhotos saltavam por toda parte e devoravam tudo. Milhares e milhares de lagartas de todo tipo subiam pelos troncos das árvores para comer todas as folhas que encontravam. Na verdade, comiam tudo. Com a praga também vieram ventos bem fortes, que sopravam sem parar e destruíam tudo o que encontravam pelo caminho. A terra secou, e as cores se apagaram.

Com muita preocupação, o Grande Baobá pediu ao Espírito da Árvore que salvasse a selva, que fizesse alguma coisa para deter aquela praga misteriosa que podia destruir a todos.

— Já sei! — exclamou finalmente o Espírito da Árvore.

O Grande Baobá convocou as criaturas da selva para uma ***indaba***. Todos se reuniram sob a sua grande sombra. O Espírito da Árvore falou com uma voz que soava como o vento quando se move entre os galhos.

— É preciso que a gente faça vir a chuva, ela é a única que pode espantar essa praga que está destruindo nossa bonita terra e nos devolver a calma.

Então pediu aos habitantes da selva que fizessem muito barulho, todos ao mesmo tempo, como se fossem trovões, um atrás do outro. E todos bateram, guincharam, gritaram, bufaram, bateram as asas... O barulho parecia mesmo uma tempestade. As nuvens da chuva não demoraram a aparecer, tal como havia previsto o Espírito da Árvore, e uma cortina de água caiu em cima do trecho de selva do Grande Baobá. A praga fugiu na hora, e o vento descontrolado parou.

A vida da selva à beira do rio Zambezi voltou a ser a de sempre, e o Grande Baobá e o Espírito da Árvore continuaram morando juntos por muito tempo. E juntos superaram todos os problemas que apareceram.

O Cruzeiro do Sul

(Lenda zulu da África do Sul)

As tempestades haviam começado e caíam com força sobre a selva no dia em que nasceu Kamalama. Dizem que os meninos e as meninas que nascem no meio de uma tempestade não costumam viver mais de um ano, pois morrem antes que volte a estação das chuvas. E por isso, quando nasceu Kamalama, o bruxo do seu povo passou a noite fazendo magia: queria conjurar a má sorte que sobrevoava o destino do recém-nascido. O nome do bruxo era Nkotsi e ele era famoso por seus conhecimentos da região além da selva e das montanhas. Depois de alguns encantamentos, decidiu invocar diretamente o deus do fogo e dirigiu-lhe umas preces para tentar salvar Kamalama. O deus do fogo respondeu-lhe:

— Vou proteger Kamalama. Porém não posso evitar seu destino. Não vai morrer daqui a um ano, antes da próxima estação das chuvas, mas vai morrer quando tiver quinze anos. Depois da sua morte, todas as noites, brilhará como uma estrela no céu.

E assim foi. Kamalama sobreviveu às chuvas e às tempestades do ano seguinte e virou um adolescente bonito e inteligente. O mais valente jovem da aldeia. Todos gostavam dele, e sua vida era feliz. Muito orgulhoso, o bruxo Nkotsi explicava a todo mundo que Kamalama continuava vivo graças aos seus poderes sobre os deuses.

Quinze anos depois do nascimento de Kamalama, sua história e a lenda dos fabulosos poderes de Nkotsi chegaram aos ouvidos do rei daquele país. E ele mandou chamar Nkotsi, para que se apresentasse diante dele. Nkotsi foi, feliz da vida, mas antes pediu a Kamalama que o acompanhasse até a cidade onde vivia o rei. Quando estavam diante do rei, todos se ajoelharam diante dele, exceto Nkotsi.

— Por que você não se ajoelha à minha frente como todo mundo? — perguntou-lhe o rei, curioso.

— Porque sou um bruxo poderoso demais para me ajoelhar no chão poeirento à sua frente, senhor rei! — respondeu Nkotsi.

O rei ficou muito sério.

— Ah, é? E o que você fez para se achar tão poderoso assim?

— Isto, por exemplo! — respondeu apontando Kamalama. — Este rapaz nasceu num dia de forte tempestade. E vossa majestade sabe que aqueles que nascem no meio de uma tempestade estão condenados a morrer um ano depois, antes da chegada da nova estação das chuvas. Mas, graças a mim, o bruxo mais poderoso do país, ele não morreu e se tornou este jovem atraente.

A cara do rei continuava séria. De repente, Kamalama, que ficara todo o tempo quieto, atreveu-se a falar com o rei:

— Não acredite nele, senhor rei! Não foi ele que salvou minha vida, mas o deus do fogo! Além do mais, vou morrer bem cedo, hoje completo quinze anos! E o bruxo vai morrer comigo!

E naquele momento Kamalama abriu os braços e caiu no chão. E, naquele mesmo momento, Nkotsi também caiu no chão, mas de joelhos.

Todas as pessoas que estavam em volta ficaram paralisadas de emoção, sem entender o que acontecia. Até o rei tremia como uma folha. Naquela tarde, o rei mandou celebrar uma festa em homenagem àquelas duas pessoas tão especiais. E antes que as lanternas começassem a ser acesas e as danças em volta do fogo se iniciassem, apareceram umas estrelas novas no céu. As maiores pareciam a figura de um homem de braços abertos, e as menores, um homem ajoelhado. Apontando para as estrelas, o rei exclamou, surpreso:

— Kamalama Nkotsi!

E desde aquele dia o Cruzeiro do Sul, estrelas que são vistas de tantos cantos do sul da África, são chamadas naquela região de Kamalama Nkotsi.

A lenda do café

(ETIÓPIA)

Contam que um dia o céu se separou da terra... e também que nas altas montanhas da terra que antes eram denominadas Abissínia havia um jovem pastor chamado Kumbi. Ouçam bem a história! Dizem que, desde que o sol aparecia até que se punha, Kumbi vigiava seu rebanho. De fato, acompanhava suas ovelhas e cabras aonde quisessem ir, porque desde sempre elas sabiam muito bem onde estavam as melhores gramas e as mais tenras folhas dos arbustos. Muitas vezes ele ficava quieto, com seu longo cajado, observando. Observando seu rebanho, mas também Maskarem. Ela também era pastora e passava horas fiando e tecendo lã. Eram amigos desde bem pequenos. Maskarem sabia muito bem que, se as cabras andavam em fila, isso queria dizer que não havia nenhuma grama boa à beira do caminho. Tanto Kumbi como Maskarem seguiam seus rebanhos de uma encosta a outra das montanhas.

Uma manhã, os dois jovens pastores se viram avançando pelos caminhos mais rápido que nos outros dias, atrás de seus animais. As cabras e as ovelhas subiam alvoroçadas.

— Mas aonde vão com tanta pressa? O que está acontecendo com elas? — perguntou Maskarem.

— Não sei! Ontem à tarde já estavam muito nervosas — disse Kumbi. — Vamos atrás delas?

Por sorte os dois eram jovens e ágeis, pois era difícil acompanhar as cabras, que iam depressa, depressa, trepando pelas bordas. Até que pararam todas de repente para comer as folhas e os frutos vermelhos de um arbusto. E ali ficaram o dia inteiro. Foi difícil trazê-las de volta à aldeia, estavam nervosíssimas.

No dia seguinte, de manhã, quando o sol mal despontava, os dois amigos pastores voltaram a se encontrar com seus rebanhos. E de novo as cabras pegaram os caminhos tão depressa quanto puderam, até chegarem aos arbustos dos frutos vermelhos.

— Olhe, Kumbi, comeram todos os frutos que encontraram! O que acontece com elas? O que serão esses frutos?

Mais adiante, viram que a montanha estava repleta daqueles arbustos que deixavam as cabras nervosas e que elas devoravam como nunca haviam feito com nenhum outro arbusto.

— Vou pegar uns desses galhos e levá-los até os monges do mosteiro. Com certeza eles devem conhecer esses frutos! — disse Maskarem.

Naquela mesma tarde, depois de conseguir prender as cabras e as ovelhas, os dois pastores foram levar os galhos do arbusto até os monges, que disseram desconhecer aquela planta. Nunca haviam subido a montanha.

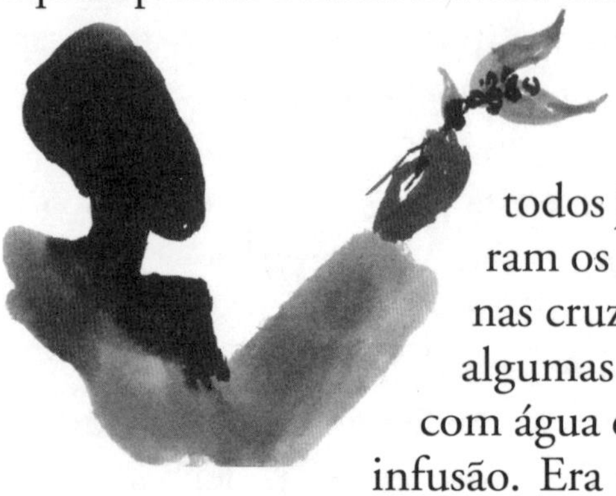

Toda tarde, antes de dormir, os monges tomavam uma infusão, todos juntos. Assim, abençoaram os galhos com suas pequenas cruzes de prata, escolheram algumas folhas e ferveram-nas com água do rio. Provaram a nova infusão. Era amarga e de sabor não muito bom. Mas teve efeitos estranhos: todos demoraram muito para dormir!

No dia seguinte, um dos monges atirou no fogo meio apagado os galhos do arbusto que os pastores haviam trazido. Pouco depois, no meio da reza, os monges sentiram um cheiro desconhecido que lhes pareceu extraordinário. E descobriram que aquele aroma perfumado vinha dos frutos dos galhos trazidos pelos pastores, que estavam torrando nas brasas.

Nos dias seguintes, Kumbi e Maskarem, que eram cada vez mais amigos e já haviam juntado os dois rebanhos num só, subiram até o lugar onde ficavam os arbustos dos frutos vermelhos. Os monges haviam pedido que todo dia eles trouxessem uma bolsa cheia dos frutos vermelhos, porque, com o cheiro que exalavam quando eram queimados, os monges conseguiam cantar melhor as orações.

Os monges decidiram experimentar ferver aqueles frutos torrados e tomar a infusão. E foi assim que prepararam o primeiro café! Deixaram que Kumbi e Maskarem também provassem e naquela noite os dois não conseguiram dormir, e passaram as horas pensando um no outro.

Os dois pastores decidiram viver juntos por toda a vida. Na sua noite de núpcias, prepararam sozinhos a cerimônia do café. Seu primeiro ***bunna***. Maskarem escolheu os melhores grãos torrados do café que haviam recolhido juntos nas montanhas, triturou-os num pilão de madeira até virarem um pó bem fino e ferveu-os com água, mexendo com um bastão de canela. Quando estava a ponto de transbordar, retirava do fogo. E assim por cinco vezes.

Maskarem e Kumbi tomaram seu *bunna* todos os dias de sua vida.

A armadilha dos ecos

(Conto **nuba** do Sudão)

Num pequeno povoado ao sul do deserto da Núbia, entre o Nilo Azul e o Nilo Branco, vivia um camponês que trabalhava fazendo óleo de gergelim. Ele também tinha um pequeno pedaço de terra que queria transformar num campo de amendoins. Um dia, foi limpar seu pedaço de terra e queimar os galhos cortados para preparar o campo. Mal havia começado e de repente ouviu uma voz que saía de detrás de um matagal seco.

— Quem está aí? — perguntou a voz.

— Sou eu — respondeu o homem.

— E está fazendo o quê?

— Estou limpando este pedaço de terra para transformá-lo num campo e plantar amendoins.

— Espere, vou ajudá-lo! Sou o rei dos ecos e agora mesmo vou mandar cem ecos em seu auxílio.

Dito e feito. Chegaram cem ecos, que limparam o pedaço de terra num instante. O homem ficou encantado.

— Com essa ajuda, tudo vai correr melhor!

Depois de uns dias, quando os galhos que havia cortado já estavam secos, o homem voltou ao seu terreno para queimá-los e espalhar as cinzas naquilo que seria seu campo. Mal começara a acender o fogo e ouviu uma voz forte que dizia:

— Quem está aí?

— Sou eu — respondeu o homem.

— E está fazendo o quê?

— Estou queimando os galhos para adubar a terra com as cinzas.

— Espere, vou ajudá-lo!

E o rei dos ecos enviou-lhe trezentos ecos, que se puseram a queimar galhos sem parar, até que viraram cinzas, que eles espalharam pelo campo.

— Com essa ajuda, tudo vai correr melhor! — exclamou o homem.

Chegaram as chuvas. E logo o camponês encheu um cesto de sementes de amendoim e foi até o campo semeá-las. E voltou a ouvir a voz:

— Quem está aí?

— Sou eu — respondeu o homem.

— E está fazendo o quê?

— Estou semeando os amendoins.

— Espere, vou ajudá-lo.

E chegaram novecentos ecos, que semearam todos os amendoins.

— Com essa ajuda, tudo vai correr melhor!

E quando os amendoins já começavam a ficar maduros, o camponês foi até o campo caçar os passarinhos que tentavam comê-los. Assim que chegou, já ouviu o eco:

— Quem está aí?

— Sou eu — respondeu o homem.

— E está fazendo o quê?

— Estou caçando os passarinhos para que eles não comam meus amendoins.

— Espere, vou ajudá-lo!

Chegaram dez mil ecos, que caçaram todos os passarinhos. O camponês voltou para casa repetindo a frase que o deixava feliz:

— Com essa ajuda, tudo vai correr melhor!

Passaram-se mais alguns dias. Ele voltou ao campo, colheu alguns amendoins e os experimentou para ver se já estavam maduros.

— Quem está aí? — perguntou a voz do eco.

— Sou eu — respondeu o homem.

— E está fazendo o quê?

— Estou colhendo alguns amendoins para ver se estão maduros.

— Espere, vou ajudá-lo!

Apareceram cem mil ecos, de todas as direções, que pegaram todos os amendoins e os comeram!

O camponês não conseguiu fazer nada para impedir. Depois daquela ajuda, já não podia mais esperar que as coisas corressem melhor... Os ecos haviam preparado uma armadilha.

O camponês decidiu arrancar todas as plantas de

amendoim do seu campo, plantar cana-de-açúcar e não aceitar ajuda de mais ninguém!

Se alguma vez ouvirem um eco seguindo vocês, lembrem-se desta história!

Dju-Dju e o pescador

(Conto **mandinga** do Senegal e de Gâmbia)

Dentro de uma rede de pescador esquecida alguém encontrou este conto...

Era uma vez um pescador que vivia à beira de um rio. Pescava o dia inteiro, quase sempre com uma vara ou com redes deixadas no meio do rio, mas também se atrevia a caçar animais maiores, como lebres ou antílopes, com o laço de corda ou então com armadilhas fabricadas por ele. Um dia, quando pescava com a vara, um peixe muito grande fisgou o anzol.

— Peguei um peixão! — exclamou o pescador em voz alta.

Puxou com todas as suas forças e da água saiu o espírito Dju-Dju, com um machado na mão, rindo como se fosse um louco. Todo assustado, o pescador perguntou-lhe com um fiozinho de voz:

— O que você está fazendo aqui?

Dju-Dju riu mais alto ainda.

— Vim incomodar você um pouquinho! Há, há, há!

O pescador viu logo que Dju-Dju não era nenhum monstro perigoso como a princípio pensara, e então disse ao espírito:

— E eu que esperava um peixão e me aparece você! Em vez de me ajudar, você vem para me incomodar!

— E como eu poderia ajudá-lo?

— É verdade! Como é mesmo que você poderia me ajudar? Tem tanta força quanto o vapor de uma panela e mal consegue ficar em pé!

Dju-Dju fez cara de zangado.

— Eu tenho tanta força quanto o vapor de uma panela? Venha, vamos ver quem tem mais força! Vamos ver qual de nós dois consegue jogar esse machado mais alto!

O espírito olhou para o céu com atenção e jogou o machado para cima.

Então o machado caiu no rio, espirrando água nas duas margens. Dju-Dju, que se atirou na água para recuperar o machado, saiu logo depois, ofegante:

— Não foi fácil tirá-lo de lá. Estava encravado bem forte no fundo do rio!

E deu o machado ao pescador.

— Agora é sua vez!

O pescador, que mal conseguia erguer o machado, disse com voz segura:

— Pois você vai ver! Vou jogar o machado tão alto que ele não vai nem voltar!

Dju-Dju ficou surpreso.

— Então, espere, não jogue! Seria uma pena perder um machado tão especial! E se a gente apostar corrida?

— Está certo! A gente pode correr até aquele caminho por onde os antílopes vão beber água.

O pescador, que também era caçador, havia feito um buraco no meio do caminho, coberto com galhos, esperando que algum antílope distraído caísse dentro. Dju-Dju começou a correr e, como não sabia de nada, caiu dentro do buraco. Quando conseguiu sair, o pescador já tinha chegado ao final do caminho.

— Você perdeu de novo! — disse, todo contente, o

pescador. — Ainda quer continuar para ver quem tem mais força? Vamos ver qual de nós dois consegue pescar mais peixes?

E deixou uma vara de pescar com Dju-Dju, que não sabia nem como usá-la. O pescador aconselhou-o a ficar quieto.

— É que eu não consigo ficar sem me mexer — respondeu Dju-Dju.

— Nesse caso, talvez seja melhor amarrar você numa árvore!

— Tudo bem, mas amarre bem forte!

O pescador amarrou-o bem forte ao tronco de uma árvore que crescia ao lado da água. E mesmo ficando bem quietinho, Dju-Dju não conseguiu pescar nenhum peixe.

— Para mim chega! Venha me desamarrar! — gritou Dju-Dju, vendo como o pescador tirava da água um peixe atrás do outro.

— Você se dá por vencido, então? — perguntou o pescador.

— Sim, eu perdi, mas me desamarre! Não aguento mais ficar tão quieto assim!

— Ah, não! Não vou desamarrar você ainda! Senão, você vai aproveitar para me incomodar!

— Prometo que nunca mais vou incomodar você! — disse Dju-Dju.

— Verdade?

— Palavra de Dju-Dju!

— E vai pôr peixes nas minhas redes?

— Vou.

— E presas nas minhas armadilhas?

— Vou, vou! Mas me desamarre!

O pescador soltou o espírito de novo, e a partir daquele dia Dju-Dju se dedicou a pôr peixes nas suas redes e presas nas suas armadilhas. As pessoas da aldeia, que costumavam comprar tudo o que ele caçava e pescava, ficaram maravilhadas com a abundância de suas presas. O pescador virou um homem rico e importante, e tudo porque tinha Dju-Dju trabalhando para ele em segredo.

O pescador se transformou na primeira pessoa a dominar o espírito Dju-Dju. Por isso, quando alguém caça além da conta ou volta para casa com um cesto cheio de peixes do rio, as pessoas dizem que com certeza teve a ajuda de Dju-Dju.

O escravo e o fogo da amizade que o libertou

(ETIÓPIA)

Conta-se que nas terras do norte da Etiópia, cheias de altas montanhas, havia um homem escravo que trabalhava nos campos de algodão. Levantava todo dia quando o sol surgia e não parava de colher algodão até que se punha. Depois limpava a casa do seu amo, dava comida aos animais, cortava madeira... O tempo passava e aquele homem estava cada vez mais cansado. Um dia, quando já não aguentava mais, atreveu-se a ir ver seu amo e lhe disse:

— Fui seu escravo por muito tempo. O senhor me prometeu a liberdade. Quando irá me dá-la?

Seu amo desatou a rir.

— Quer dizer que você quer ser livre? Então agora vou dizer o que você precisa fazer! Está vendo aquela montanha alta cheia de gelo e neve que começa onde termina nossa aldeia? Esta noite você vai ter que subir até lá em cima de tudo. O ar é muito frio, mas você tem que ficar até que amanheça. Se conseguir sobreviver sem roupa e sem nenhum tipo de abrigo, tão desprotegido como as rochas que ficam lá, você será livre. Ninguém pode ajudá-lo, ninguém pode lhe dar abrigo. Você estará nu e sozinho.

O escravo foi ver seu melhor amigo, que era um homem já velho e muito sábio.

— O que faço? — perguntou. — Como vou sobreviver a esta noite? Se fizer o que meu amo disse, vou morrer congelado!

Seu amigo pensou em silêncio até que falou:

— Eu vou ajudá-lo.

Quando estava bem escuro, o homem que era escravo começou a subir a montanha, e, ao mesmo tempo, seu amigo, bem carregado de lenha, começou a subir outra montanha que havia mais adiante. O homem que era escravo chegou ao alto da montanha e ali ficou, descalço e sem roupa, tremendo de frio. Havia neve por toda parte, e o ar era o mais frio que já sentira. As rochas estavam cobertas de gelo, e ele tinha dificuldade para respirar. De repente, na montanha em frente foi acesa uma grande fogueira de chamas gigantes que iluminavam a escuridão da noite. Atrás do fogo ele viu seu amigo esforçando-se para manter as chamas bem acesas, pondo mais e mais lenha para garantir que ela não se apagasse.

O homem que era escravo descobriu que as chamas do fogo de seu amigo tinham começado a aquecer o ar, e ele já não sentia tanto frio. Não tremia mais. Estava lá em cima, nu e desprotegido, contemplando o fogo da montanha ao lado sem sentir frio. Passou a noite inteira olhando o fogo que o amigo acendera para ele, e o frio não o venceu.

Na manhã seguinte, quando o sol já havia aparecido, desceu da montanha e foi ver seu amo. Encontrou-o muito zangado. Não queria libertar seu escravo, mas não tinha outra opção.

— Pode ir embora — disse.

O escravo que sobrevivera ao frio graças à amizade já era um homem livre. E assim viveu o resto da sua vida. Desde então, os povos das montanhas dizem que a amizade ajuda a tornar as pessoas mais livres.

Os contos deste livro terminaram. Se vocês quiserem mais, talvez possam encontrar outros debaixo de alguma árvore bem grande e alta, ou na areia de uma praia, ou talvez à beira de um rio, como dizem que algumas pessoas encontram contos na África. E se puserem um balde no quintal ou no meio de um campo, talvez a chuva deixe algum de surpresa!

Glossário

Babuíno. Animal da família dos macacos, que pode chegar a ser bem grande.
Banto. Grupo étnico da África subsaariana que fala línguas diferentes, mas da mesma família.
Baobá. Árvore de tronco muito grosso, flores brancas e frutos comestíveis. Cresce em muitos países da África.
Bunna. Nome que se dá ao café na Etiópia (na língua amárica, também chamada de *amarinya*).

Carité. Árvore tropical que dá frutos em forma de nozes, com muitas propriedades medicinais e alimentares. Deles é feita a manteiga de carité.

Daybota. Tipo de cabana feita de palha e madeira. É uma das casas típicas dos povos que vivem entre o mar Vermelho e as montanhas etíopes, na África oriental.
Dhow. Barco a vela típico dos países da África oriental, na costa do Índico.

Impala. Mamífero da família dos antílopes, de corpo esbelto e chifres em forma de lira.
Indaba. Na língua xona (falada principalmente no atual Zimbábue), grande reunião para discutir assuntos importantes.
Iorubá. Grupo étnico da África ocidental (principalmente da Nigéria, do Togo e de Benin).

Kutielo. Para o povo senufo da Costa do Marfim, deusa criadora de tudo.

Mandinga. Grupo étnico da África ocidental, do qual fazem parte, entre outros, os bambaras, os malinqués e os diúlas, que falam línguas da mesma família.
Mill. Cereal que cresce em várias regiões da África e que faz parte da alimentação básica de muitos países. É nosso painço ou milhete.
Msasa. Árvore que cresce em muitos países do sul da África.

Nuba. Pertencente à Núbia, uma região da África oriental que compreende territórios do Egito e do Sudão e que antigamente foi um poderoso reino.

Senufo. Grupo étnico das atuais Costa do Marfim, Máli e Burkina Fasso.

Teff. Cereal cultivado na Etiópia e que é a base da *injera*, comida típica do país e da região (Eritreia, Djibuti...). É cultivado em grandes altitudes.
Tej. Vinho de mel preparado na Etiópia.
Tella. Cerveja tradicional da Etiópia.

Uádi. Vale quase sempre seco das zonas desérticas da África que pode se converter rapidamente num rio, quando chove muito.

Zulu. Grupo étnico da África do Sul.

De onde surgiram estes contos

Muitos dos contos recolhidos neste livro, eu os ouvi contados de uma maneira ou de outra, com um final assim ou assado, segundo o dia e a pessoa que tinha a palavra, seja em casa de amigos africanos com crianças pequenas na própria África, seja muito longe dela; nas oficinas sobre a tradição oral de um congresso de literatura africana realizado em Gana ou nas maratonas de contação de histórias durantes as diversas edições da Feira do Livro do Zimbábue às quais assisti.

Alguns desses contos, narrados há muitos e muitos anos por tantas vozes e em tantas línguas diferentes, também foram recolhidos em versões diversas e traduzidos em outros livros, como *Contes et légendes de la corne de l'Afrique* [Contos e lendas do "chifre" da África] (Nathan) e *Contos e lendas da África* (Cia. das Letras), de Yves Pinguilly; *37 fables d'Afrique* [37 fábulas da África], de Jan Knappert (Castor Poche); *African Folk Tales* [Contos folclóricos africanos], de Hugh Vernon-Jackson (Dover); *Le prince courageux et autres contes d'Éthiopie* [O príncipe corajoso e outros contos da Etiópia], de Praline Gay-Para (Syros); *Stories from Africa's Savannah, Sea and Skies* [Histórias da savana, do mar e dos céus da África], de Bridget King (Jacaranda), e *The Black Cloth: A Collection of African Folk Tales* [O tecido negro: uma coletânea de contos folclóricos africanos] (University of Massachusetts Press). E também em sites como <www.contesafricains.com>.

Procurando contos e recolhendo os mais significativos (e como é difícil escolher só alguns poucos!), tive muito presentes as histórias de Véronique Tadjo, Yvonne Vera, Buchi Emecheta, Ilija Trojanow, Agnès Agboton e Salima Dahoun e sua maneira de contar as coisas (e também os contos) de um lado a outro do continente africano e mais além.

Anna Soler-Pont
Barcelona, outubro de 2004

Nasci em Barcelona, em 1968. Sou agente literária e apaixonada pelas histórias da África, da Ásia e do Pacífico, promovendo a literatura dessas regiões desde 1992. A África é um continente muito especial, e viajando por diferentes países tem sido impossível não tropeçar em contos e lendas escondidos em cada esquina. Neste livro recolhi alguns deles. Há desde os mais antigos e desconhecidos — como os de príncipes e princesas, que passaram dos avós aos netos através dos séculos sem serem escritos — até os mais modernos — como as fábulas de animais, que agradam tanto aos pequenos como aos maiores.

ANNA SOLER-PONT

Nasci em El Ferrol, na Espanha, mas sempre vivi em Cádiz, no mesmo país. Estudei belas-artes em Sevilha, e desde então não parei mais de pintar: foram exposições na Espanha e no exterior, aulas, ilustrações para livros... A África me encanta, sobretudo a região mais ao sul, a subsaariana. Cada vez que vou para lá, volto com inúmeras anotações debaixo do braço e com muitas imagens na retina, que uso para ilustrar contos como os deste livro.

PILAR MILLÁN

1ª EDIÇÃO [2009] 18 reimpressões

ESTA OBRA FOI COMPOSTA POR TECO DE SOUZA EM ADOBE GARAMOND
E IMPRESSA EM OFSETE PELA GRÁFICA BARTIRA SOBRE PAPEL PÓLEN BOLD
DA SUZANO S.A. PARA A EDITORA SCHWARCZ EM MAIO DE 2024

A marca FSC® é a garantia de que a madeira utilizada na fabricação do papel deste livro provém de florestas que foram gerenciadas de maneira ambientalmente correta, socialmente justa e economicamente viável, além de outras fontes de origem controlada.